# ぶつだん

仏像系男子

CROSS NOVELS

浅見茉莉
NOVEL:Mari Asami

yoco
ILLUST:yoco

CROSS NOVELS

# CONTENTS

CROSS NOVELS



CONTENTS

# 国宝☆彼氏

CROSS NOVELS

TXテレビのアナウンサー高倉陽彦《たかくらはるひこ》は、山門の大きさを示すようにカメラの前で手を広げてみせた。

「はい、こちらが相哲寺《そうてつじ》の山門前です。立派なお寺ですねえ。なんと鎌倉《かまくら》時代に建立《こんりゅう》されたそうですよ。お寺の名前が書かれた扁額《へんがく》の下、ご覧いただけるでしょうか？」

撮影カメラが山門の中央に掲げられた扁額にズームしたのを見計らって、陽彦は説明を続けた。

「わかりますか？　この動物の彫刻、白虎《びゃっこ》なんですね。現代風に言えばホワイトタイガー。お寺を守っています」

木造建築の大敵といえばネズミで、しかも寺には大切な仏像彫刻もある。ネズミを狩るのはネコだが、ここはひとつもっと強そうなトラを守りに据えようということで白虎が刻まれたと、陽彦は謂《いわ》れを説明した後で、カメラに向き直った。手のひらに乗せたホワイトタイガーのマスコット人形を差し出す。

「可愛いですね。相哲寺オリジナルの御守りで、厄除《やくよ》けの御利益《ごりやく》もあるそうです。私もひとついただいてしまいました。参詣《さんけい》された方もみなさんお求めになるようです」

ディレクターの身振りで指示が飛び、それを見た陽彦はマスコット人形を自分の顔の近くに掲げた。アイドル芸能人のリポートではないのだが、今どきは局アナだろうとこういう軽さも求められる。

「さて、トラといえば、かの有名な国宝『虎模様腕釧《とらもようわんせん》の阿修羅像《あしゅらぞう》』ですよね。腕輪にトラの彫刻があったことの御縁で、こちらに寄贈されたともいわれています。では、さっそく行ってみましょう」

いったん撮影が止まり、陽彦は取材クルーとともに境内《けいだい》へ入る。

平日の夕刻間近なのに、参詣客は意外と多い。遠方からツアーバスを仕立ててやってくるグループもいるようだ。観光地・鎌倉ということもあるのだろうが、やはり目当ては国宝の阿修羅像だろう。

鎌倉時代に彗星《すいせい》のごとく現れ、いくつかの仏像を制作した荒摂《こうせつ》という仏師《ぶっし》がいた。謎が多く、当時のことはほとんど文献にも残っていないが、戦国大名の遊佐成廣《ゆさなりひろ》がゆかりの相哲寺に寄進して以来、阿修羅像は衆目《しゅうもく》を集めるようになった。

昭和の初めに国宝に指定されてからは、文化財としての価値も高まり、全国的に名を知られるようになる。ことに昨今のなんにでもランキングをつける風潮で、イケメン仏像としてたびたび名を挙げられている。

荒摂自身が大陸から渡ってきたという説もあってか、阿修羅像はどこかバランスも西洋彫刻寄りで、現代に通じる顔立ちをしている。女性人気が高いのも頷《うなず》けた。

その阿修羅像がこの夏から京都《きょうと》で開催される『大仏像展《だいぶつぞうてん》』に出品されるため、間もなく展示を下げられる。その前にと、取材に訪れたのだった。『大仏像展』の協賛として名を連ねるTXテレビとしては、ガンガン特番を打って集客に努めたいところだ。

「おや、テレビの取材なの？」

「まあー、お兄さん！　見たことがあるわ。いやあ、実物のほうがいい男だねえ」

ツアー客らしい老婦人から声をかけられ、陽彦は愛想笑いを返す。

「あーっ、高倉アナだ！」

「握手してください！」

次は二十歳前後の女性グループで、黄色い声で手を握られては振り回されるという襲撃を受ける。うん、まあ……この参詣人数なら、押し寄せてくるのもこんなものかな。場所柄、年配者の割合も高いし。

陽彦は笑顔の裏側で、冷静に計算を試みる。しかし愛嬌《あいきょう》を振り撒けば、好感度は三割増し、いや、三割五分は固い。

入社六年目、若手アナウンサーとしての陽彦の知名度と人気はまずまずといったところだ。それもこれも、データ主義の超リアリストという陽彦の性分が、綿密に計算してキャラクターを作り上げ、好感度を上げているからに他ならない。

アイドルや人気俳優と張り合える容姿を持ち合わせていることもプラスに働いてはいるだろうが、それもまた両親が持っていた遺伝子《データ》の組み合わせ結果のひとつである。鳶《とんび》が鷹《たか》を生むなんて言葉があるけれど、そんなことはありえない。鳶は鳶、鷹は鷹だ。

そう、世の中に不思議なことや運命なんて、ない。すべてはちゃんと解き明かせる理由や因果がある。運がいいなんて言って済ます奴の気が知れない。

だから陽彦は低い確率といわれることに、たびたびチャレンジしてきた。その突破口を探して潜《くぐ》り抜けることに快感がある。もちろんそれらは過去のデータを収集して検討することで見出していた。

アナウンサーを志望した動機もそのひとつだ。医師だの弁護士だのは、勉強して資格試験に合格すればいい。定員があるわけではない。年間の採用数が極端に少ない職種をピックアップし、その中でふと目についたのがアナウンサーだったのだ。一テレビ局につき、男性アナウンサーは採用一名というところも少なくない。

志望するからには受からなくては意味がないわけで、その傾向と対策を練るのは楽しかったが、合格そのものは当然の結果と受け止めた。名門といわれる大学で優秀な成績を収めていたから、その方面で撥《は》ねられる心配はなかったし、好感度だの印象的なキャラクターだのという抽象的な尺度も、持ち前の探究心で探り出しアピールした。

晴れてＴＸテレビの男性アナウンサーとなった現在は、個性として少しだけ秀才肌の堅物ぶりや、データ信望者的イメージを打ち出している。民放ではキャラクター性を重要視されるところもあり、それが人気に繋《つな》がり、ひいては己のステップアップにもなるのだ。優秀だけれどなんだか面白い——そんなタイプが受ける。

ま、世の中はデータで片づくってことだよ。人気なんていう人間の心情に左右される曖昧《あいまい》なものでも、計算する方法はあるってことだ。

そんな陽彦だからどんなジャンルのアナウンサーだろうとやっていける自信もあるが、まだ路線を決めるつもりはない。若干バラエティ寄りになっているのが、気になるところではあるが。

しかし今回は特番とはいえ、局を挙げて推している催事に関わるリポーターだ。面白い一方ではない、理知的な面を久々にアピールできると、陽彦は内心張り切っていた。見物人にもふだん以上に愛嬌を振り撒く気になるというものだ。

枯山水《かれさんすい》の庭を紹介する映像を撮った後、伽藍《がらん》の前で住職との撮影に入る。

「こちらが相哲寺のご住職、塙顕道《はなわけんどう》さんです。本日はよろしくお願いいたします」

両手を合わせて会釈《えしゃく》を返した住職に、陽彦は寺の歴史や遊佐成廣との関わりを尋ね、事前に仕入れた情報を交えつつ話を広げていく。

「――そうですか。では、いよいよその阿修羅像を拝見いたします」

阿修羅像は宝物殿に安置されていて、撮影のため今日は早めに一般客の入館を終了していた。

外観こそ他の建造物に合わせて寺社風だが、コンクリート造りの屋内は外気に比べてひんやりとしていた。展示物への影響を考慮してか照明は抑え気味で、磨《す》りガラスから差し込む光に、経典や仏画、各種仏具、その他陽彦にはなんだかわからないものが、ぼんやりと並んでいる。

途中からカメラが回り、陽彦は住職と如才《じょさい》ない会話を交わしながら、収蔵品を紹介してもらっていった。

まあ、メインは阿修羅像だからな。どうせこの辺はカットされるんだろ。なんでそんな無駄なことをするんだか。

住職自ら熱心に説明してくれているのが、申しわけない。陽彦のほうも、阿修羅像どころか他の収蔵品、さらに仏師荒摂や相哲寺、遊佐成廣のことまで、持ち前のデータ収集癖を発揮して、住職と一時間の対談番組ができるくらいに調査済みだ。しかし無駄に話を弾ませてもしかたないので、ここは聞き役に徹しておく。

「こちらが荒摂作の阿修羅像です」

曲がり角の手前で立ち止まった住職の声に、陽彦は顔を向けた。

「あ――……」

まず、上に伸ばされた腕が目に入った。立ち止まれずにそのまま歩き、徐々に全容が明らかになる。

三面六臂《さんめんろっぴ》――本来の顔の両脇にも顔があり、腕は六本。合掌の他にそれぞれの高さに上がっていて、日輪と月輪《がちりん》を持っている。弓と矢も手にしていたそうだが、現在は消失していた。

仏像と聞いて思い浮かべるものとは、やはりバランスが違う。非常に今風で、目に馴染む分、違和感もある。現代の青年がコスプレをしているような。

しかし、美しい造形なのはたしかだった。

現代風にいえば髪は頭頂部でシニョンを作り、細マッチョ系の上半身には条帛《じょうはく》という薄布を襷《たすき》のように斜めにかけ、肩を天衣《あまごろも》で覆っている。アクセサリーも瓔珞《ようらく》といわれる首飾り、上腕に臂釧《ひせん》、手首に腕釧と盛りだくさんだ。

荒摂の作品には必ずトラのモチーフが使われているそうで、阿修羅の腕釧にもトラの浮き彫りが施されている。別名『虎模様腕釧の阿修羅像』と呼ばれるゆえんだ。

下半身には裳《も》をまとい、脛《すね》辺りまで隠れているが、すっと伸びた足には板金剛《いたこんごう》という草履《ぞうり》を履《は》いている。

「……あー……ええと、はい、これが国宝、鎌倉時代の仏師・荒摂による阿修羅像です」

……ありえない。見惚《みほ》れてた。それこそ教科書や事前の資料で画像はさんざん見たはずなのに。

陽彦が我に返るまで、カメラはこちらを映していたらしい。紹介をすると照明が当たって、ガラスケースに収まった阿修羅像にカメラが移った。

これが生の迫力ってやつか？　いや、そういうのって思い込みだろ。対象のことを考えてるうちに期待が高まって、いざ対峙《たいじ》すると異様によく見えるっていう……逆のパターンだってあるわけだし。

たしかに、現代人にも好まれそうなルックスではある。人気俳優やタレントの容貌とだぶるパーツも多そうだ。等身大といっていいのか、像高も成人男子くらいなので、下から見上げると迫力もある。

しかししょせんは彫刻、物体でしかない。

「いかがでしょうか。大変人気のある仏像ですが、それも納得の素晴らしさが伝わるでしょうか」

そんな内心はおくびにも出さず、陽彦は阿修羅に称賛の眼差しを注いだ。

そこからはリポートは入らず、角度を変えての仏像の画像となる。編集で細かい説明が入ることだろう。

「……思わず見とれてしまいました」

撮影のじゃまにならないように下がった陽彦は、傍《かたわ》らの住職にフレンドリーに囁《ささや》いた。これもまたイメージアップの一環だ。著名人に話しかけられて、嫌がる一般人は少ない。

「ご覧になった方は、少なからずそのようですよ」

住職は機嫌よく頷く。

「成り立ちや背景を引き比べてご覧になるよりも、率直になにかを感じ取っていただくほうがよろしいのです」

「写真や画像でもリアルな仏像という印象だったのですが、間近で実物を拝見して、いっそうそう感じました。荒摂の写実的な技術もさることながら、生き生きとして……木を彫ったとは思えません」

阿修羅像は寄木造《よせぎづくり》だが、その継ぎ目すら見つけられないほど精巧で、それがいっそうリアルさを感じさせる。指先の爪《つめ》の形まで凝っていて、荒摂の執念が窺《うかが》えた。いや、緻密な計算によるものだろうか。そうであれば、荒摂とは気が合いそうだ。

「動き出しても不思議はないくらいですよね」

あくまでリップサービスである。木を彫ったものが動くなんて、今どき小学生でも本気で考えはしない。しかし住職はふと真顔になって陽彦を凝視した。

「ご住職……？　なにか？」

「ああ、いえ、なんでも」

怪訝《けげん》に思った陽彦だったが、スタッフに呼ばれて阿修羅像の前に立つ。カメラが回り出した。

「阿修羅像も出展されます『大仏像展』は、七月十五日より京都の国際ミュージアムホールにて開催されます。この機会に、あなたもぜひご覧になってはいかがですか？」

……ん？　なんか……。

視線を感じる。

しかし撮影クルーは陽彦の前方にいて、照明係ですら斜め前だ。

でもなんか……首の辺りが……。

それも、けっこう近い位置から見られているような気がするのだ。

阿修羅像の後ろは壁で、窓もなかったと記憶している。誰かがいられるはずもなければ、なにかが反射することもない。展示ケースのガラスは見やすさを考慮して、特別な素材だということだった。そもそも撮影クルーと住職以外は、宝物館にいない。

撮られることに慣れ、また不特定多数の視線を浴びることにも慣れた陽彦だが、だからこそ視線には敏感になっている――つもりだ。

近年、アナウンサーと芸能人の境界が曖昧になってきて、取材対象となることも多く、いわゆるパパラッチへの警戒心がそうさせているのかもしれない。

……いや、でも、いくらなんでもここでそれはないだろ。

だいたい正規の撮影中を撮ってなんになるというのか。

ていうか、カメラっていうよりは視線……だよなあ。

一般客が監視を掻《か》い潜って侵入しているのか。それほど陽彦のファンなのか。いや、阿修羅像のファンが公開時間を逃して、どうしても見たいと潜り込んだと考えるべきか。

いや、だからどこから見られるんだって。俺の後ろには阿修羅像しかないんだから。まさか阿修羅像が見てるって？　ないない、ばかばかしい。どんなに精巧でもただの彫刻だし、神さまなんていないし。

そんなことを考えながら『大仏像展』の告知を終え、撮影は終了した。撤収作業を始めるスタッフを横に、陽彦は先ほどの違和感を確かめようと、阿修羅像に近づいた。

……やっぱりなにもない。

覗《のぞ》き見できるような場所はないし、もちろん人もいない。

気のせいだったかと思い直して、ついでに先ほどよりも無遠慮に阿修羅像を眺めた。トラの図案が彫られた腕釧はすでに拡大写真をチェック済みで、そのときにも思ったのだが、やはり実物もトラというよりネコのようだった。リアル系の作風の荒摂だが、動物は苦手だったのだろうか。

思わず笑いそうになったとき、視界の端でなにかが動いた。

えっ……？

阿修羅像を収めたガラスケースの中に、片方の手で握り込めそうなほどの灰褐色《はいかっしょく》の毛玉がある。

陽彦が顔を近づけると、それはもぞりと動いた。スイカの種のような目と、ピンク色のヒクヒク動く鼻。

ねっ、ネズミ⁉　いや、違う、ハムスターだ！　九十八パーセントの確率で！

しかし、なぜこんな場所にハムスターがいるのかと、陽彦は息を殺してガラスケースをつぶさに観察する。

ガラスケースは展示台にビス留めされていて、隙間などはない。おそらく通常は虫の出入りも不可能だろう。しかし側面に小さくガラスの扉が切られている。もちろん鍵が付いているのだが、今回は補助の照明を点《つ》けるために、先ほどそこを開けてもらった。

今も鍵はかかっていない状態だが、扉はずっと閉めてあったのだ。いつハムスターが入り込んだのだろう。それ以前に、なぜ寺の宝物殿にハムスターがいるのか。

……まあ、可能性としてはゼロではない。限りなくゼロに近い、稀《まれ》な出来事ではあるが。

そんなことよりも、このままでいいのだろうか。ハムスターといえどもネズミの仲間なわけで、木像の大敵なのでは。取材のために扉を開けたせいで、国宝が齧《かじ》られたなんてことになったら、TXテレビにどれだけの損害賠償が請求されることか。

しかし今ハムスターの存在を知らせたら、この小さい生き物はすぐさま捕まえられてしまうだろう。その場で命も失うかもしれない。

それはなんだか……後味が悪い。こいつに罪はないわけだし。

陽彦はざっくりと頭の中で計算をし、人目がないことを確認して、そっとガラス扉を開けた。ハムスターはすぐに気づいて、隙間から外へと駆け出していく。通路を壁伝いに出口のほうへ向かうのを見送って、陽彦はほっと息をついた。

まあ、とっさの対処としてはこんなものだろう。その後のハムスターがどうなるかは、彼の努力次第だ。陽彦にできることはやった。

しゃらん……。

……ん？

なにか鈴の音のようなものが聞こえた気がして、阿修羅像を振り返る。しかし木像にはそんな金属的な音など出るものはない。機材の立てる音がガラスケースに反響したのだろう。

そろそろ片づけも終わりそうなので、陽彦は最後にもう一度住職に近づいて挨拶《あいさつ》をした。

「今日は貴重なお時間を割《さ》いていただいて、ありがとうございました」

「いやいや、阿修羅さんも喜んでいたようで、よろしいことでした」

「喜んで……そうですか？」

陽彦は思わず阿修羅像に目をやった。すでに撮影用の照明は落とされているので、阿修羅像の顔は深い陰影に沈んでいる。

「まあ、これも運命でしょう」

住職は合掌して一礼すると、踵《きびす》を返した。

……は……？

年齢のわりに背筋が伸びた住職の後ろ姿を、陽彦は呆然《ぼうぜん》と見送る。

なんだ、今のは？

拝まれたのは職業上の挨拶のようなものだとしても、「運命」とはどういう意味だろう。


鎌倉の相哲寺での撮影を終えて一度帰社した陽彦は、スケジュールの確認と雑務を済ませて時間を調整し、麻布《あざぶ》へ繰り出した。今夜は客室乗務員との合コンがある。

「テレビで見てる実物に会えるなんて」

「高倉さんって画面で見るよりずっとカッコいい」

「いやいや、みなさん芸能人にもしょっちゅう会うでしょ」

大学時代の友人の誘いだったが、一流企業勤めの仲間にぜひとも人寄せ要員として参加してほしいと召集を受けたのだ。やはり希少価値という点では、アナウンサーはエリート以上らしい。

合コン自体にはまったく興味がなかったが、自分がデータを弾いて選んだ職業がレアだったという証明にはなるわけで、悪い気はしない。久しぶりに友人たちの顔も見られて、その上ただ酒にもありつけたのだから、まあよしとしよう。

それにしても、合コンでくっつく男女のなんと多いことか。そのまま結婚へ発展する確率もけっこう高い。

妙に興奮状態のメンツを眺めながら、気が知れないと陽彦は内心思う。

結婚なんてなにがいいんだか。世間が認めるセックスの相手が持てることと、その結果として子どもが作れるくらいじゃないか。それも男の場合は、たいてい妻子を養わなきゃならないわけだし。使うのは金だけではない。自分の時間も己の体力も。

独身のほうが気楽でいいと思う。少なくとも今の陽彦には、自分以外のために人生を使う気にはなれない。

そんな気持ちでいるのが相手にも伝わるのか、もてるわりに陽彦の交際は長続きしない。しかしかまいはしなかった。

予定どおり一次会で抜け出し、代々木《よよぎ》にあるマンションへ帰った。

築二十年超の物件だが、バブル期のものなのでゆったりとした2LDKで、細かいところも凝っていて気が利いている。いざというときに駅近《えきちか》なのもポイントが高い。家賃を考えればなかなかの掘り出し物だ。

少々飲みすぎてふらつきながらエレベーターを降り、角部屋までの通路を進んだ。

あー、明日はゆっくりだし、全部放って寝るかな。

そんなことを考えながら玄関のドアを開けた陽彦は、廊下の突き当たりのリビングに灯《あか》りが点《とも》っているのに気づいた。

「しまった、電気点けたままだ」

今朝は四時起きだったので、そのまま出勤してしまったのだろう。これでどのくらいの電気代が加算されたか、思わず頭の中で試算してしまう。

手前の寝室に直行するつもりでいたが、リビングへ向かった。電気くらいは消しておこう。これ以上無駄な出費をしないためにも。

半開きのリビングのドアを押すと、

「遅い！」

「うえっ⁉」

ふいに男の声が響いて、陽彦は飛び上がった。一瞬にして酔いも醒《さ》める。

な、なんだなんだ⁉　テレビもつけっぱなしだったか⁉

しかし玄関に入ったときには、なんの音もしていなかったはずだ。いくら酔っ払っていても、そのくらいはわかる。

身構えたまま室内を見回すと、壁際のテレビに向けて置かれたひとりがけのソファに異変を見つけた。背もたれから頭が覗いている。緩くウエーブがかかった黒髪は、けっこうな長さがありそうだが、先ほどの声は明らかに男だった。

背中を冷たい汗がつっと伝った。

……だ、誰だ⁉　泥棒？

たしかに玄関の鍵はかかっていたはずだとか、だとすればどうやって六階のこの部屋に侵入したのかとか、考えたいことは山ほどあったが、とにかくまずはこの場を乗り切ることが先決だ。

逃げ出すという選択は、なぜかなかった。自分が逃げても、居座られたままではなんの解決にもならない。

通報を思いつかなかったのは、アナウンサーという職業柄、イメージダウンについて口うるさく言われていて、無意識に穏便に済ませるほうへと意識が働いたのかもしれない。

陽彦はソファに視線を据えたまま、手探りで武器になるものを探す。マガジンラックから突き出たものを摑《つか》んで、「よしっ！」と思ったのもつかの間、それが丸めた番組宣伝用のポスターだと気づいて焦《あせ》る。

いや、ぱっと見武器に見えないこともない、かも……。騙《だま》せる確率、六十……いや、期待を込めて七十パーセント！

それしかないのだから、ここははったりをかますしかない。陽彦はポスターを両手で剣道風に構えて、声を上げた。

「だ、誰だ⁉」

日ごろの鍛錬《しゅうれん》の成果か、こういうときでも明確な発声で声が響くが、のっけからひっくり返ってしまったのが情けない。

「不法侵入だ！　けっ、警察を呼ばれたくなかったら、さっさと出ていけ！」

「はあっ？」

髪を靡《なび》かせるようにして男は振り返った。太いバングルをつけた腕が、背もたれにかかる。

なっ……――。

住居侵入だけでも危険人物感満載なのに、その男はおよそ一般人の感覚とはかけ離れた風体だった。ロン毛は無造作に肩と背中を覆い、浅黒い肌と彫りの深い顔立ちをしている。日本人……には見えないような、言い切られたら納得するような。

「待っていてやったのに、その言いぐさはなんだ」

男の口から出てきたのは日本語だった。同時に立ち上がって、陽彦のほうを向く。

「ええっ!?　それはない！」

思わずそんな言葉が洩れたのは、男の全身を見て、ますます異様に思ったからだった。まず、男は半裸だった。あちこちに薄いふにゃふにゃした布がまとわりついているが、上半身はほぼ露《あら》わだし、腰から下も布を巻きつけただけだ。アクセサリーだけはじゃらじゃらつけているが、そんなもので身体を隠せるわけもなく、むしろ逆に素肌をアピールしている。

不法侵入者に対する脅《おび》えよりも、そのおかしな格好に意識が向いてしまったのは、醒めたつもりだった酒がまだ抜けきっていないせいだろうか。

「なんだよ、おまえ！　どこのショーパブのダンサーだよ⁉　服はどうした！　その格好でここまで来たのか⁉」

問題にすべきはそういうことではないだろうと、頭の隅で思う。

男は自分の身を一瞥《いちべつ》して肩を竦《すく》めた。

「これ以外の格好をしたことはない」

「そんなわけがあるかっ！」

食い気味に言い返した陽彦は、唯一の武器であるポスターを床に叩《たた》きつけた。いったいなんなんだ、この状況は。頭がおかしくなりそうだ。

「そんな格好してる奴はいない！　せいぜい南国系のショーパブか、バラエティの仮装コントか、オタクのイベントのコスプレ――」

喚《わめ》きながら、陽彦の脳裏でなにかがフラッシュする。こんな出で立ちを、つい最近どこかで見たような気がした。

そう思う間にも、どんどん記憶が鮮明になってくる。見たような、どころではない。つい数時間前に、たしかに見た。

陽彦は目を見開いて男を指差す。

「……あ、阿修羅像……」

男はにかっと笑った。

「ようやく気づいたか」

「――のコスプレ⁉　なんで⁉　イベント会場でやれよ！　ていうか、その格好で場外は反則だろ！　いや、犯罪だ！　公序良俗《こうじょりょうぞく》に反する！　ついでに不法侵入も――」

「うるさい奴だな。さっきはもっとおとなしく見えたのに」

さっき……？

男は陽彦の前に立ち塞《ふさ》がると、呆気《あっけ》にとられている陽彦の顎《あご》を指でくいっと上げた。

背が高い。陽彦も平均以上だが、さらに十センチは上だ。

「……さっきってなんだよ？」

「さっきはさっきだ。寺で会っただろ？」

マジか！　マジで阿修羅像だと言うつもりか！　これがなりきりってやつか！　たしかに顔つきも似ていないこともないが……。

「ふざけんな！　あれは仏像！　木を彫っただけだ！　おまえ生きてるじゃないか！」

そこまで言ったところで、陽彦ははっとして辺りを見回した。この男が阿修羅像だなんて、考えるのもバカバカしい。しかし陽彦が今日、鎌倉の相哲寺を訪れたと知っているということは――。

「わかった、アレだな⁉　ドッキリだろ！」

テレビ業界では未だに続く悪しき慣習だ。最近は笑いを取るために手段を選ばない。芸能人でなくても餌食《えじき》になる。『大仏像展』の開催を控えて、こんなおふざけを特番に突っ込む可能性も充分に考えられた。

しまった。つい、素の口調が出ていたが、オンエアしても問題ない程度だっただろうか。暴言は吐いていないはずだが、ふだんの陽彦は存外口調が荒い。それに表情はどうだっただろう。ちゃんとカメラの前に立っているときよりも不細工なんて思われてはたまらない。

「ドッキリ……？」

首を傾《かし》げる男をよそに、部屋中を探った陽彦だったが、隠しカメラは見つからなかった。カーテンを開けてベランダを覗いても、誰もいない。

「……違うのか……？」

脱力した陽彦は床にしゃがみ込んだ。隠し撮りでないとすれば、これはなんのいたずらなのだろう。男の様子から、物取りや暴力の可能性は消えつつあったが、だからこそなお、なぜここにこいつがいるのか意味がわからない。

だとしたら……。

陽彦は恨《うら》めしげに男を振り返った。

「……嫌がらせか？　誰かに頼まれたのか？」

「誰かって？」

「……甲野《こうの》とか、水島《みずしま》とか……それともアナウンス部以外なのか……？」

バラエティ寄りではあるが、順調にステップを上がっている陽彦を、密かに妬《ねた》む連中はいる。たまに意地の悪いことをされたりもする。

男は意味を探るように考え込んでいたが、ふいに憐《あわ》みの目を向けた。

「そんなに嫌われてるのか」

「向こうが勝手にやっかんでるんだ！」

陽彦が感じる手応えよりも、ずっと有望視されている印象があるらしい。それも、陽彦自身の能力以上に厚遇されていると思われている。二年目に深夜枠バラエティとはいえＭＣのレギュラーをもらい、そのときに相方となったベテラン俳優に気に入られて、局にも口利きしてもらっているんだろうとか。実際その俳優からは、番組が終了してからもたまに連絡があるが、都合が合えば食事に行くくらいだ。口利きなんてとんでもない。

いちいち修正して回るのも面倒で放置しているが、それがまたふてぶてしく思われているようで、一部からの風当たりは強い。

ああもう、なんで……俺はただふつうに努力をしてるだけなのに。悔しけりゃ仕事で見返せってんだ。

拳を床に叩きつける陽彦の背後で、しゃらりと音がした。顎に伸びた手に仰向かされると、跪《ひざまず》いた男が微笑している。

「私はおまえが気に入ったぞ。最初は顔だけのつまらない堅物かと思ったが、なかなかいいところもあるじゃないか」

いつまで阿修羅像になりきっているつもりなのだろう。それに、なにが「いいところもある」だ。陽彦のなにを知っているというのか。しかしそんなことを問い詰めるよりも、さっさと出ていってほしい。脅《おど》かすのも済んだのだから。

「……それはどうも。俺も大仏展期待してるよ。だから帰れ」

「気に入ったと言っているのに」

……めんどくさいっ……。

陽彦はこれ見よがしにため息をついた。気分が腐って悪酔い気味になっているのに、まだなりきりごっこにつきあわせるつもりか。そもそもこんな常識で測れない状況が、陽彦は大嫌いなのだ。理由づけや脈絡のない展開になる、おふざけというやつが。テレビ業界はこれがまかり通るから始末が悪い。

「いい加減にしてくれ。誰の指示かは詮索しないし、警察にも言わない。だからおまえも阿修羅像のふりはやめろ。人間に戻って自分ちに帰れ！」

「戻るもなにも、ふりなどしていない」

白々しく返されて陽彦のどこかがブチっと切れ、男の手を振り払って立ち上がった。くらりとしかかったが、そこは怒りにまかせて踏みとどまる。陽彦を支えようとしてか、腰を上げた男が伸ばした手を、さらに両手を振り回して遠ざけた。

うう……目が回る……。

「本物の阿修羅像だって⁉ 違うね！ 俺はつい昼間見てきたんだよ。阿修羅像は横にも顔があって、腕も六本！ コスプレが中途半端なんだよ！」

「そのほうがよかったのか？ 驚かせすぎるかと思ったんだが」

「はっ！ ものは言いようだな。それに、ほら！ 阿修羅像は髪を団子にまとめてたぞ。おまえみたいなゆるふわへアじゃなかったよ！ 女子か！」

勢いに乗って指摘すると、男は鬱陶《うっとう》しそうに髪を掻き上げた。

「いつもあんなにきっちり巻き上げてたら、頭皮が突っ張るだろう」

「とにかく、そんなのは阿修羅像じゃあーりーまーせーんー！」

指を突きつけた陽彦に、男は少しだけむっとした顔になった。

「酒に飲まれるとは情けない。わかった、信じられないというのなら――」

男は陽彦の手を摑むと、自分の髪に触らせた。それは見た目よりもずっとなめらかで柔らかく、温かく――。

温かく⁉　っていうか、毛が……。

陽彦が触れているのは、男の耳の後ろ辺りだ。ふつうは毛髪に覆われている部分。それがなぜ、つるりとした皮膚感覚なのか。剃《そ》ったとかいう感触でもなく、そもそも生えていないような――。

愕然《がくぜん》とする陽彦の目の前で、長髪の隙間《すきま》から押し出るように第二の顔が現れた。その鼻先に、ちょうど自分の指が触れている。

「……っ！　……」

……ありえ……ない……。

反対側にも顔が出てきている。特殊メイクとかの次元ではない。今、ここで、現れたのだ。最新式のＳＦＸを生で繰り出されたようなものだ。これと比べたら、ハリウッドの特殊技術なんて数百年遅れている。

……マジで……？

どうしてもトリックの類《たぐい》には見えない。つまりタネのない現実というしかないわけで、しかし現実にこんなことはありえないわけで――。

「……う、わぁ……」

陽彦は掠《かす》れ声を洩らしながら、腕を摑まれたままその場にしゃがみ込んだ。

無理だ。ありえない。ありえないことは受け止められない。そんな理由づけのできない現象に対応するような人生を送ってきていない。

しかも顔がみっつ！　進行形でみっつになったぞ！　さ、触っちゃったし……。

「ひいいっ！　放せ！　放せーっ！」

はっとして陽彦は必死に手を振り解くと、膝を抱きかかえるように小さく丸まって蹲《うずくま》った。

なにも見なかった。なにもなかった。酔っ払った脳が見せた幻覚の確率百パーセント！　次に顔を上げたら、きっとなにもない。いつもの自分の部屋で――。

祈るような気持ちで数十秒を過ごし、その間、静寂だったことに安堵《あんど》もして顔を上げると――三面の男が見下ろしていた。

「…………」

陽彦はぺたりと尻を落とす。

ショックなんてものではない。これまでの世界が一気に変わってしまったような、己のアイデンティティも崩壊してしまったような衝撃だった。

「……本物……？」

陽彦の呟《つぶや》きに、男は小さく笑った。

「やっと認めたか。しかしおまえ、ずいぶんと可愛いな。先ほどまでと違う。ますます気に入った」

「おまえみたいな化け物に気に入ってもらっても嬉しくない……」

もはや言い返す声にも力が入らない。だってありえないだろう。この地球上のどんな生き物が、本来の顔の横にふたつも余分をくっつけているというのか。しかもそれ以外はふつうの人間と同じ——。

……じゃない！　手……、手がろっぽ——。

陽彦は声も出せずに、男の手を指差した。

「ああ、これか。顔だけじゃなくて、これも見せたほうがいいだろう」

六本の腕がそれぞれ指を動かす様子に、陽彦は口をパクパクさせた。

「か、顔ばかりか手まで……これが現実なのか……」

「そういうことだ」

男の右手のひとつが、陽彦の頬《ほほ》を撫でた。その感触に作りもの感はない。ふうっと気が遠くなって倒れそうになった陽彦を、数本の腕がしっかりと支える。

「おいおい、だいじょうぶか？　おまえが疑ったからだろう」

「もうやだ……生きていく自信がない……」

「おおげさな。ただの人間に顔がみっつあったり腕が六本あったりしたら大騒ぎだろうが、神の姿などさまざまだ」

「神……おまえ、本当に神さまなの？」

神仏が実在するなど、この男の顔みっつ、腕六本を目にした以上に衝撃なのだが。もはや陽彦はいっぱいいっぱいで、力なく見上げた。

その視線を受け止めた男は、陽彦を凝視した後、わずかに頬を赤らめて目を逸《そ》らした。

「……一応な。といっても、阿修羅本体は別に存在する。私はその一部というか、分身というか……荒摂が彫った阿修羅像があまりにも見事だったから、目覚めた存在だ。まあ今風に言えば、コピーとか？　荒摂の念みたいなものや、素材になった木の生気も混ざっているから、ハイブリッドとでも言うか――」

なるほど、神々《こうごう》しさが足りないのは、生粋《きっすい》ではないからだと考えると、少しだけ理《り》に適《かな》ってほっとする。しかし大前提の神が実体化しているという問題は、依然としてあるわけだが。

「……で、なんの用？」

とにかくこれ以上居座られたら心が持ちそうにないので、早々に引き取ってもらいたい一心で尋ねた。

男――もはや阿修羅か。分身だがハイブリッドだか知らないが、阿修羅としておこう――阿修羅は陽彦の前にしゃがみ込んだ。いわゆるヤンキー座りというやつで、そんな格好をするとますます神さまのイメージから遠ざかる。

「おまえ、本当に可愛いな」

「は……？」

イケメンだとかカッコいいとかは言われるが、可愛いなんて言葉を聞くのは二十年以上ぶりだ。

「撮影中は腹の中で、ただの彫刻だとか神さまなんていないとか、全否定していただろう」

阿修羅の切れ長の目が鋭く陽彦を射る。しかも横の顔からも見られて、陽彦はぎくりとした。六個の目で見られるのも恐ろしいが、思考を読み取られていたことも怖い。いや、神さまならそれくらいのことは朝飯前なのか。

「……あ、あれは……」

「ちょっと気に入らなかったのでな、後でひと言言うつもりでいたんだが、ネズミを追い出しただろう」

「ネズミ……？」

「ああ、なんというのだったか……尻尾の短い――そう、ハムスターだ。いたずらされてはたまらない。助かったぞ。なにしろ我が腕釧に刻まれたトラときたらネコよりも臆病《おくびょう》で、まったく役に立たない。なんのために彫られたのやら……だから、小言の代わりに礼を言っておこうと、わざわざこうして訪れたというわけだ」

つまり、罵られずに済んだからありがとうを言いに来た、と？　神さまといえば人間が一方的に拝んだり願い事をしたりする対象だろうに、その律義さに拍子抜けする。

「ああ、いや……そっちのためっていうよりも、ハムスターもあのままじゃ閉じ込められるとこだったし――それにしてもなんでハムスターなんかいたんだろ……」

「寺の若い坊主が内緒で飼っている。管理が甘く、たびたび脱走しては坊主が慌《あわ》てて捜して連れ戻していた。しかし、宝物殿までやってきたのは初めてだったな。それもタイミング悪くケースの中にまで入り込むとは――」

「ああ、そうなんだ。うん、わかった。わざわざどうも。じゃあ、そういうことで――」

礼を言いに来たわりには、勝手に部屋に入り込んでふんぞり返っていたり、帰宅した陽彦を叱《しか》りつけたりしていたが、まあそれは神さまだから、そういうこともあるのだろう。

ハムスター脱走の真相以外、これまでの陽彦の経験や知識では理解できない状況に陥っているので、この際不可解なことはすべて相手が神さまだから、で片づけることにする。そうでもしなければ、心と身体が壊れそうだ。

とにかく男の正体は阿修羅像に宿った神さまで、ここには陽彦に礼を言うためにやってきた、ということで手を打つ。用件は済んだのだから、とっとと帰ってもらおう。

「気をつけて。ああ、そうだ、『大仏像展』もよろしく――」

いきなり阿修羅は陽彦の手を握った。別れの握手ではない。陽彦の両手を、四本の手ががっしりと摑んでいる。

「何度言わせる。おまえが気に入ったのだ」

そう言われても。なんと返せばいいのか。宿主である阿修羅像には、仕事絡みでこれからも世話になるわけだから、愛想よくしておくべきなのか。京都に出向いて撮影もあるし、そのとき彫刻の中から睨《にら》まれても恐ろしい。

「……ああ、ありがとう。俺にとっても阿修羅は特別かも……」

いろんな意味で。まさか人生で神さまと遭遇するなんてことがあるとは思いもしなかったし、一生忘れられない思い出になりそうだ。忘れてしまいたいが。

「なにっ、そうか！」

阿修羅はもう一対の手で陽彦の胴を摑むと、一気に肩に担ぎ上げた。

「うわあっ……ばっ、おろ、下ろせ！　危な――」

危ないというのは気持ち的なもので、なにしろ相手は六本も腕があるから、担がれても安定感が半端ない。しかし落ちる危険はなくても怖い。なぜこんなことをするのかわからなくて、怖い。

「寝所はどこだ？　向こうか？」

し、しんじょ……？　って、なんだっけ……？

陽彦がパニックになっている間に、阿修羅は人間ひとり分の重さをものともせず、悠々とした足取りでリビングを出ると、迷うことなく寝室のドアを開けた。

……ああ、寝所か――って、なんで⁉

「ちょ、なんでここ――うわっ……」

荷物のようにベッドに下ろされ、体勢を整えようと必死にもがいていると、左右から両手を摑まれた。

「いや、だから放せって――……うわああっ、な、なんだおまえら！」

あろうことか陽彦の右手と左手を、それぞれ別の男が摑んでいる。いや、別の男というかそっくりなのだ、阿修羅に。厳密にいえば、顔をみっつ、腕を六本に変身する前の阿修羅に。それが三人

――。

「こういう分身もできる」

ベッドに乗り上げてきた三人目の阿修羅が、得意げに口端を吊り上げた。

「は？　はあっ⁉　べつに見せてくれなんて頼んでないし！」

「このほうがことが楽に運ぶし、おまえも愉《たの》しめる」

「ことってなんだよ⁉　愉しむって……怖いばかりなんですけど⁉　ああああっ、脱がすな！　触るな！」

なんという手際のよさ。気づいたときにはスーツの上着を脱がされて、ネクタイも解かれ、ワイシャツのボタンを外されているところだった。スラックスも引き下ろされている。

正面の阿修羅――おそらくこれがベースだと思う。他のふたりは微妙に影が薄く無口だ――が、途中まで脱げていたスラックスを引き継いで、一気に引き抜く。もう上半身は裸だった。つまりパン一だ。身を守るラスト一枚に、本体の阿修羅その一の手がかかる。

「……ひぃ……」

この信じられない状況に、陽彦は言葉もなくして固まっていた。元より左右からふたりがかりで摑まれているので、動けない。

……ヤバい……どう見ても貞操の危機……。

ゴシップよりも精神的ダメージよりも、肉体のダメージがいちばん強烈そうだ。

礼に来たって言ったじゃないか！　そりゃ、こっちの対応はぞんざいだったかもしれないけど、内心パニックだったんだよ。この世で何人の人間が、神さまと直面したことがあると思ってんだ。追い出したいと思ってもしょうがないだろ！　それなのにこんな……気に入ったって言ったくせに。

　ぐっと下着を引かれて、陽彦は震え声を洩らした。もう噛みつく気力もない。

「……た、助けて……」

　阿修羅は手を止め、目を上げた。

「優しくする」

「そういう問題じゃ……三人相手なんて無理だから！　死ぬ！」

「死にはしないが……極楽浄土《ごくらくじょうど》を見せてやる」

　同じことじゃないかと言い返そうとした陽彦は、ふいに身体を這《は》う手の感触を覚えて息を呑《の》む。左右の阿修羅が胸をまさぐっていた。同時に同じ動きで——いや、微妙にずれと違いを生じながら、乳首を捏ねられる。

「ちょ、やだっ……」

　ぞっとして身を捩《よじ》ると、その拍子にボクサーショーツが引き下ろされた。なんの躊躇《ためら》いもなくペニスに手が伸ばされ、陽彦は声を上げる。

　ありえないっ……。

　二十八年の人生で、男と戯《たわむ》れたことなど一度もない。想像しただけで怖気《おじけ》立つ——はずだったのに、触れられている場所から、これまでに味わったことのない快感が湧《わ》き上がっていた。

　予想外の出来事に限界を超えた脳が、逃避して快楽だと思い込もうとしているのだろうか。いや、心は拒否しているのだ、断固として。それなのに乳首を引っ張られただけで胸の奥までじんじんと痺《しび》れ、握られて擦られるペニスは勃起して——。

「……う、そ……」

半ば仰向けに押し倒されていた陽彦に、阿修羅その一がぐっと乗り上げてくる。

「嘘なものか。言っただろう。おまえが気に入った、と」

男らしく整った顔がぼやけるほど近づいて、反射的に目を閉じた陽彦の唇《くちびる》に、相手のそれが押しつけられた。

「んっ……」

歯列を割ってぬるりと忍び込んできた舌が、口中を掻き回す。とっさに舌で押し返そうとしたのに、次第にその力が抜けて、気づけば阿修羅とのディープキスに夢中になっていた。

身体のあちこちも舐められている。乳首は腫《は》れてしまうのではないかと思うくらいに吸い上げられ、ペニスも絶妙な加減でしゃぶられていた。噂に聞く風俗嬢のテクニックも、これには及ばないのではないかと思う。

なにもかもが気持ちよくて、いつしか与えられるままに快感を享受していた。ときおり我に返りそうになり、「どうすんだ、これ!」と思うものの、それを攫《さら》うような刺激に思考は奪われてしまう。

「あああっ……」

容赦なく吸い上げられて、とうとうというか、待ちに待ったというか射精に至り、出したものは喉《のど》を鳴らして飲み下された。

あーあ、いっちゃったよ……。

ぼうっとした頭で思うそばから、別の阿修羅にしゃぶりつかれ、また新たな快楽を育てられていく。

「ん、あっ……」

尻たぶを開かれ、阿修羅その二の舌に襲われた。唾液《だえき》のたっぷり乗った舌で弄《もてあそ》ばれる後孔は、たちまち柔らかく解けていって、粘膜への侵入まで許してしまう。

詳しいところは知らないが、どう考えてもそこを使うための準備だろうと思ったけれど、抗《あらが》う気になれなかった。一度果ててしまったことでどうでもよくなってしまったのか、阿修羅の言葉どおり、ここまでずっと気持ちいい状態だからなのか、逃げようにも逃げられそうにないから諦めるしかないと思っているのか、自分でもわからない。

「……う……あ、……ああっ……」

阿修羅の唾液がしたたるほど中を玩弄《がんろう》されるうちに、腰の奥から不可思議な感覚が湧き出してきた。疼《うず》きというには切羽《せっぱ》詰まっていて、もはや呼吸のたびにどうしようもないほどの希求感に見舞われる。

希求感……？　なんの？

前をしゃぶられているからだろうか。二度目はずっと焦《じ》らされていて、たしかに射精したい欲求は募っている。弄《いじ》られ続けている乳首も痛いほどに硬くなっていて、いっそ噛みついてほしいほどだ。

しかし、それともまた違うような――。

「出来上がったようだな」

しばらくぶりで阿修羅の声を聞き、薄目を開いた陽彦はベッドに俯《うつぶ》せに這わされた。別の阿修羅が、その下に逆さまに潜り込んで、蜜がしたたる陽彦のペニスを頰張る。

さらに前に膝《ひざ》をついた阿修羅が陽彦の頰に手を添えて、鼻先に怒張を突きつけた。

……でかっ！

生で他人の勃起したペニスを見たという衝撃を差し引いても、ふてぶてしいほどに堂々とした一物だった。こんなものを咥《くわ》えるなんて絶対に嫌だと思うのに、どうしたことか陽彦は喘《あえ》ぐように口を開いた。伸ばし気味の舌先にそれが触れたとたん、喉奥にまで痺れが走る。

「……ふ、んぅっ……」

ずるりと呑み込まされて、口の中がいっぱいになった。擽《くすぐ》るように喉を撫でられると、奉仕するように舌を肉塊に絡ませてしまう。息苦しくて、けれどそれがひどく感じて、陽彦は鼻を鳴らしながらフェラチオに夢中になった。同時に自分のものが激しく口淫されているという感覚が交じって、いっそう昂《たかぶ》っていく。

……すっげ。なんなんだ、これ。俺、3Pしちゃってんの？

ありえない快感に、というかすべてがありえない状況にまともな思考が放棄されてしまったらしく、のんきにも陽彦はそんなことを思った。しかし背後から腰を摑まれて、その中心に硬いものを押しつけられてはっとする。

違った！　4Pだったー！

「んんんーっ……！」

口を塞がれてペニスを咥えられている上に、六本の腕に身体のあちこちを摑まれていて逃げることもできなかった。後孔をぐうっと押し広げたものが、遠慮の欠片《かけら》もなく侵入してきて、内臓があるべき場所から追いやられたかと思うくらいに存在を主張する。

うっそ！　入っちゃったの⁉　あれが⁉

口に受け入れた際に目にしたものと同程度だとするなら、絶対に無理だ。舐めまくられて緩んだ感はあったけれど、その手の用途には使ったことがない。

こ、壊れる……最悪死ぬ……！

根元まで押し入られてしまったらしく、相手の脈動が全身に響き渡っていた。今にも陽彦の中で爆発するのではないかと思うくらいだ。

必死に頭を振り、どうにか口を塞いでいた一物が外れると、陽彦は反射的に大きく息を吸って叫んだ。

「……助け――あああっ……」

阿修羅が腰を引き、それに引きずられそうになりながら内壁を擦られる感触に、陽彦は総毛立った。

な、なにこれ……？

すかさず押し込まれて、また別の感覚に喘がされる。抜かれても差されてもよくて、腰がカクカクと揺れ出す。

「……あっ、ああっ……うそ……嘘だろっ……あ、うんっ……」

挿入された男のものに押し出されるように、身構える間もなく絶頂に達してしまう。射精してい

るペニスを強く吸われて、それがまた快感を増幅させる。

「もう極めたのか。よしよし、もっとよくしてやろうな」

誰の発した言葉なのかも判然としないまま、陽彦の口がまた剛直に塞がれた。

「んんうっ……」

日常、飲食でそんなふうにならないのはもちろんのこと、これまでのキスやその他の行為でも、こんなに感じたことはない。自分の口の中がどうにかなってしまったのではないかと思うほど、男のものに触れたり擦られたりするだけで疼き、それが全身に広がる。

本来の快感の源であるペニスはいうまでもなく、達した後もだらだらと精液が洩れているような感じがするし、未使用だったはずの後孔に至っては、いったいなんの因果でこんな器官が自分にあるのかと恨めしくなるくらいに気持ちがいい。

「そうだ、こっちも――」

誰かの指が乳首を捉える。乳暈《にゅううん》まで盛り上がるほど硬くなっていたそれを捏ね回されて、もうやめてくれと叫びたくなった。これ以上よくされたら、おかしくなってしまう。

「拒んでいない証拠だ」

肌がぶつかり合う音と粘ついた水音で支配された耳に、誰かの声が聞こえる。

拒んでないんじゃなくて、逃げられないんだよ。

そう言い返そうとして、果たして本当にそうなのだろうかと思った。不本意だと思っているのはたしかだけれど、かつてなく感じてしまっているのは事実だ。

くそう……どうなっちゃってんだよ？

理解の範囲を超えた状況に答えが見つかるはずもなく、考えることを放り出してしまうと、体感がどっと流れ込んできた。

抗えない。抗うつもりも、もはやない。

気持ちがよくて、もっとしてほしくて。

思いきり突き上げられた悦《よろこ》びに、肉筒が波打つように収縮する。そこに、火傷《やけど》してしまうのではないかと思うくらいに熱い飛沫《ひまつ》が叩きつけられるのを感じた。


瞼《まぶた》がひどく重かった。

それでも一度意識が浮上すると比較的あっさりと目覚めるのは、アナウンサー生活で培《つちか》われたものだろう。テレビの仕事は不規則だ。明け方に帰宅しても、昼前に出社しなければならないことだってある。

しかしいつものように起き上がるまでには至らず、陽彦は低く唸《うな》りながらベッドで寝返りを打つ。

とたんに腰が痛んで、はっと目を見開いた。

瞬時に蘇《よみがえ》ったのは、昨夜のリアルな淫夢だ。阿修羅像コスプレの男三人との4P。なにがどう影響して、そんな夢を見たのだろう。陽彦には同性と戯れたい欲求はないし、阿修羅像を見て特別なにかを感じたわけでもない。まあ、ふつうの仏像とはちょっと趣《おもむき》が違うとは思ったが、それは客観的な視点だろう。

とりあえず欲求不満ってことか？

たしかにここ数年は彼女もいないし、セックスの回数も減少しているが、それを不満に思ってもいない。意識が仕事に向いているので、むしろ恋愛事に振り回されない状況は快適だ。

しかし、身体はそれを求めているということもあるだろう。涸《か》れるには早い二十代なのだし。

陽彦はベッドサイドの時計を確かめた。今日は遅出でまだ余裕があるが、昨夜はそのまま寝てしまったから、ゆっくり支度をするのもアリだ。

「よっ……と――」

ふだんのように身を起こそうとしたところが、身体のあちこちに異変を感じて、枕に突っ伏す。

……え？　ええっ⁉

ことに尻が――、孔に違和感を覚える。まるでなにかで思いきり広げられた後のような。

……うっそだろ……。

恐る恐る手を伸ばしてみるが、濡れた感触はない。しかし妙にぞくぞくする。

ついでのように前にも触れると、そこは乾いてガビガビになっていた。射精したままひと晩放置状態。しかも一度や二度の痕跡ではない。

マジか！

胃が絞られるような焦りを感じながら、口や乳首にも触れてみる。顎が筋肉痛のようだったり、胸がひりついたりという感覚はあるが、他人の痕跡はない。あれが現実だったら、間違いなく口も尻も精液まみれのはずだ。

じゃあ、やっぱり夢……？　ていうか、俺がひとりで寝ぼけて乱れたってことか？　さんざん夢精して……？

納得がいかないながらも、あれが現実だったら大問題なわけで、とにかく起きようともう一度身を起こしかけた陽彦は、自分の手首を見て目を剝《む》いた。

「……なんだ、これ⁉」

右手首には、凝った装飾のいぶし銀製のようなバングルがはめられていた――。


「高倉先輩、なんすか、それ？」

アナウンス部のデスクで、隣席の細見《ほそみ》から手元を覗かれる。できるだけ袖《そで》が長めのワイシャツを選んだのだが、やはり隠しきれない。

「なんでもないよ」

「かっけー！　よく見せてくださいよ。うわ、凝ってる。でも先輩、アクセとかつける人でしたっけ？　どうしたんですか？　プレゼント？」

矢継ぎ早の質問に、陽彦は口を開きかけて迷った。

一年後輩の細見は、部内でいちばん親しくしている相手だが、さすがにこの経緯はおいそれとは打ち明けられない。

神さまを自称する男三人を相手にエロいことをし放題、しかも陽彦が女役だった――なんてことは。しかもその証拠のようにはめられていた腕輪は、どう頑張っても外れなかった。

とにかく、こいつは除外ってことだよな？　犯人の可能性は〇．一パーセント以下……。

単純に興味を持って腕輪を眺めている細見は、昨夜の事件には関与していないのだろう。まあ、彼との関係はふつうに良好だ。

てことは、やっぱり甲野か水島……。

そこにドアが開いて、同期アナウンサーの甲野が入ってくる。陽彦と細見の後ろを通りながら、ぼそりと呟く。

「なんか勘違いしてんじゃないか？　アイドルじゃあるまいし、ブレスなんか外せ」

外したくても外れないんだよ！

そう腹の中で言い返しながら、睨むように甲野を目で追ったが、その背中はすぐに陽彦から関心を失ったようだった。いつものように冷ややか。あの一件を仕組んだのなら、もう少し陽彦の反応を気にしそうなものだ。

では、一年上の水島アナウンサーか。陽彦を気に入らないという態度を隠そうともしないタイプだが、ノリが体育会系なので、手を出すときには本人自ら来そうだし、そもそもあいう嫌がらせを仕組みそうな感じではない。

じゃあ、やっぱりあれは神さま……ってことなのか……？

見覚えのない腕輪をはめられていたことから、陽彦の悪あがきもむなしく昨夜の出来事が現実だったのは認めるしかなかった。

男が三人もいれば、ある程度痕跡を消し去ることは可能だろう。自分が三人の男から狼藉《ろうぜき》を受けたのは事実らしい。しかし、その相手が神さまというのは――。

……ありえない。

こうしていつもの日常に戻ってくると、やはり騙されたのだと思うわけだ。あの三面六臂にしても、陽彦が思いつかないトリックに決まっている。なにしろ陽彦は酔っていたうえにパニック状態で、まともな思考能力が欠けていた。落ち着いて考えれば、きっとちゃんと解明できる仕掛けがあったはずだ。

腕輪を残していったのは、脅しのようなものだろう。陽彦のほうからは騒ぎ立てるな、という。こんな理屈のなっていない話を誰に喋《しゃべ》るつもりもないが、敵はどうするつもりなのだろう。

起きてから調べたところ、戸締まりはちゃんとしていた。つまりあの三人は玄関から施錠して出ていったわけで、それは鍵を持っているということではないか。

途中から憶えていないが、もし写真や動画を撮られていたら――アナウンサーとしてどころか、人生の危機だ。

ぞっとして自分の肩を抱いた陽彦の腕が、清楚《せいそ》なネイルアートを施した指に引っ張られる。

「あら、どうしたのそれ?」

背後から覗き込んだのは、同期女子アナウンサーの樫村《かしむら》由加里《ゆかり》だった。

「すっごいリアルねえ。そっくりじゃない」

思わず引き戻そうとした手を止めて、陽彦は訊《き》き返した。まさか他にも同じ腕輪をした者がいるのだろうか。

「そ、そっくりって、なにと？」

由加里は浮き彫り模様をなぞりながら、壁に張られている『大仏像展』のポスターを指差した。

「阿修羅像の腕釧でしょ？　仏像展の企画グッズ？　あたしも欲しいなあ」

それを聞いて、陽彦は腕輪に顔を近づけた。外せないとわかってからは見るのもおぞましく、ろくに確認もしなかったのだが、たしかに一見ネコのような動物が彫られていた。この造形には憶えがある。阿修羅像の資料として何度も写真や画像を見たし、寺では実物を紹介までした。

……マジか……。

陽彦は自分の腕が震え出すのを止められなかった。

翌日の午後、腹が痛いので病院に行くと偽って、陽彦は土砂降りの雨の中を鎌倉へ向かった。

由加里に指摘されてから、改めて阿修羅像の腕釧を映像でつぶさに確認したのだが、たしかにそっくり――というよりも実物そのものに見えた。

陽彦のマンションに押し入った阿修羅像トリオが同じものを着けていたかどうか、あいにく憶えていない。しかし仮装でここまで精巧な腕釧を用意するだろうか。当然注文品になるだろうし、おいそれと作れるようなものではない。

それに……やっぱりどうしても外れない。

タクシーを降りた陽彦は右手首を押さえながら、雨に煙る相哲寺の山門を見上げた。

確かめるしかない。あれが本物の阿修羅像だった——というか神さまだったなんて、やはり無理がある。というか、理由がつかない。リアリストの陽彦には受け入れがたい。

あの夜のことを思い出すだけで、耐えがたいのだ。理解できない状況に我を失い、三人組にされるがままになってしまったなんて。

しかも相手が神さまって……まだ頭のイカレた侵入者だったほうがマシだ。

それなら稀に見る不幸な事故と、自分を納得させられる。

悪天候にさすがに参詣客もまばらで、陽彦は真っ直ぐに宝物殿へ足を進める。タイミングがいいのか悪いのか、宝物殿の中は人払いしたようにひっそりとしていた。

自分の靴音の響きが、次第に大きくなっていく心音に掻き消される。角を曲がると、阿修羅像が姿を現した。

——あった。

真っ先に六本の腕を見ると、そのどれにも腕釧がはめられている。いや、そもそも木彫りの仏像なのだから、装身具は本体に浮き彫りで刻まれているだけなのだと、今さらながら気づいた。

そうだよ……これは金属じゃん。

自分の腕に視線を落とすが、素材の違いこそあれど、細工の隅々までが阿修羅像の腕釧と一致している。

「おや、あなたは――」

突然聞こえた声に我に返った陽彦が顔を上げると、住職の顕道和尚《おしょう》が近づいてくるところだった。

「あ……先日はお世話になりました」

「いやいや、こちらこそ。さっそくでしたか」

「は……？」

「個人的にいらしたのでしょう？」

「ええ、まあ……」

住職の視線が手首に注がれるのを感じて、陽彦は慌てて隠そうとした。

「腕釧、ではありませんかな？　阿修羅さんと同じ」

狼狽《うろた》えた陽彦に、住職は苦笑を浮かべた。

「腕釧まで与えるとは、よほど気に入られたと見える」

住職の言葉に、陽彦の胸は破裂しそうなほど騒いだ。まさか、と思う。しかし住職の口ぶりは、どう聞いてもこの腕輪が阿修羅に着けられたと言っているように思えて、それはつまり、一昨夜陽彦のマンションにやってきたのは阿修羅だということに――。

……あいつも「気に入った」って何回も言ってたし……。

「この像は動くのですよ」

「……え……？　ええっ⁉」

絶対に怪しい、なにかある、とは思っていたものの、いざそう聞かされるとやはり叫んでしまう。否定の要素を求めて、相哲寺を訪れたのに。しかも動くのは仏像本体なのか。

「……動く、って……」

「念が込められているとでも言いましょうか、ときおり姿を消してしまいます。記録によると寄贈された江戸時代からそのようで、まあ、当山においては公然の秘密なのですが。あまりにも見事に作られたものゆえ、心が入ってしまったのかもしれませんなあ」

しれませんなあ、って、そんなのんきな……いいのか、それで。

あっけらかんと打ち明けられたものだから、陽彦も緊張感が抜けてしまった。仏像が意思を持って動くなんて突拍子もない話も、そういうこともあるかもなとか、むしろ霊験《れいげん》あらたかで吉事なのではと思いそうになるあたり、住職の人徳《じんとく》というか。

納得しかけた陽彦だったが、はっとして首を振る。

「ち、違います！　俺、いや、私が見たのは生きてました！　木の仏像じゃなくて、人間と同じ……喋るし、その上……──」

──エッチしました、なんて言えない……。

しかし住職は鷹揚《おうよう》に頷く。

「よほど気に入ったのだと申したでしょう。あなたに合わせて、人形《ひとがた》をとったのでしょうね。それくらいの力は持っていても不思議はない」

いや、不思議でしょう！　ありえないでしょう！　……あったけど。

陽彦は薄気味悪いものを見るように、そっと阿修羅像を窺う。彼方に視線を据えてポーズをとる木彫りの仏像は、どこからどう見ても物体だ。

「あの……お祓《はら》いとかは……」

遠慮がちに問うと、住職は苦笑した。

「我々にとって敬うべき対象です。それに、祓うという行為はいたしません」

「そんなあ……あ、じゃあせめてこれは取ってください！」

陽彦が突き出した右腕を見て、住職は感嘆のため息を洩らす。

「これは……見事なものですな。ありがたい」

合掌して拝まれてしまって、陽彦は脱力した。全然ありがたくない。外してもらえたら、そのほうがよほどありがたい。

「どうしたらいいんですか……」

「お心のままに受け止めることです。腕釧は、言ってみれば好意の証しでしょう」

「げっ」

冗談じゃない。なにが好意だ。

だいたい陽彦がなにをされたか、住職は理解しているのだろうか。仏像にあるまじき肉欲の限りを繰り広げたのだ。本物の人間だったら犯罪だ。

しょせん住職は阿修羅像の味方なのだ。これ以上はどうにもなるまい。

いちばん避けたかった犯人は阿修羅像という結果を手に、陽彦は肩を落として相哲寺を後にした。

けど、なんで俺だけが我慢しなきゃならないわけ？

考えれば考えるほど理不尽だ。通常、一方的な恋愛感情を押しつけられても、受け入れる気がなければ拒む。その権利はある。

だから阿修羅像に迫られても、撥ねつけていいはずだ。仏像に気に入られたからといって、ありがたがる必要はない。実際、陽彦はちっともありがたく思っていないのだから。できるなら損害賠償を請求したいくらいだ。

そうだよ。俺は犯されたんだ。強姦被害者だ。

しかし、どう対応すればいいのだろう。住職は仏像に念が込められていると言っていたが、その念とはどこから生じたのか。仏師荒摂の念なのか、それとも付喪神《つくもがみ》的なものなのか。

まさかマジで神さま……なんてことはない、よな……？

阿修羅はそう言っていたが、妖怪やUMA《未確認生物》の類のほうが、目撃証言がある分、まだ説得力がある。実在する可能性を十パーセントとしてもいい。

しかし神さまはゼロパーセントだ。仏像といわれるものが世界にいくつあるのか知らないが、それにいちいち神さまが宿っていたら大忙しだ。分割しても爪の先ほどにもならないだろう。

だいたい神さまがあんなにエロいわけがない。きっとなにか邪《よこしま》な思念に決まっている。——と、そこまで考えられるようになっただけでも、リアリストを自認する我ながらずいぶんと柔軟な思考だと思う。

ついでにどうしたら追い払えるのか考えてみた。いちばん効果がありそうなのは本体である阿修羅像を破壊することだが、国宝にそんな真似をしたら身の破滅だ。それで確実に追っ払えるという保証もない。なにしろ相手は極めて胡散臭《うさんくさ》い存在だ。阿修羅像を破壊したとして、その欠片のひとつひとつに分裂して宿ったりしたらどうする。

陽彦は想像しただけでぞっとして、身を縮めるようにして自宅マンションのエントランスを潜った。

とにかくあの阿修羅像が意思を持って動き回るという住職の話はたしかで、陽彦の元へやってきたのもその分身だか人形《ひとがた》だかだったのは事実だと認めるしかない。住職には陽彦を騙す理由はないのだから。

玄関ドアの前で、陽彦は固まった。

昨夜はどうしても家に帰る気になれず、局の仮眠室で一夜を明かした。しかし着替えもしなければならないし、自宅に残してきた仕事の資料もある。

頼む……いませんように！

この場合は誰に祈ればいいのだろう、阿修羅の上司的立場なのはやはり大仏さまなのだろうかなどと考えながらドアを開けると、なにやらスパイスの香りがした。

え……？

こんなふうに料理の匂いで迎えられるなんて、彼女と別れて以来何年ぶりのことか。

ていうか、誰が作ったんだよ？

「帰ったならさっさと上がってこい」

で、出た――っ！

リビングのドアから顔を覗かせたのは、やはり阿修羅だった。

「……な、なんでいるんだ！」

予想はしていたとはいえ、実物を見るとやはりパニックを引き起こしそうになる。

緩いウエーブがかかった無造作ロングヘア、意味があるのかないのかわからないヒラヒラの薄布が上半身の一部にまとわりつき、下半身にもぐるりと布を巻いている。装身具はすべていぶし銀のような素材だった。そう、今度こそ陽彦の腕にはめられているものとそっくり――完全なペアルックだ。

「当然だろう。おまえが気に入ったのだから、できるだけそばにいたい。おまえだって昼間、私に会いに来ただろう」

……知ってる……。

今日、陽彦が相哲寺に行ったのは、住職以外誰も知らない。ということは、やはりこいつは阿修羅像で、あのときも陽彦を見下ろしていたのか。

阿修羅はすたすたとやってくると、気が遠くなりそうになっている陽彦の腕を取ってリビングに引きずっていく。

うわあ、この感触。完全に生きてるよ。体温まである……。

「さあ、食べるがいい」

リビングのテーブルには、どろりとした煮込みのようなものの皿があった。スパイスの香りといい、形状的にはカレーがいちばん近いのかもしれない。ナンに似た平べったいパンのようなものも添えられている。

肩を押されて座らされた陽彦は、恐る恐るそれらを見下ろした。

「……これは……あんたが作ったの？」

「念じて出したから、まあそんなところだ」

出すってどこから？　食えるのか？

見た目も匂いも旨《うま》そうには思えないのに、なぜか食欲が刺激された。

「人間は数時間おきに食物を取るのだろう」

どこか得意げに横に座った阿修羅に促され、陽彦はモチモチしたパン状のものを手で千切る。それを煮込みに浸して、口に運んだ。

吐き出してやりゃいいんだ。

ずっと考えていたのだ。破壊活動が無理なら、阿修羅のほうから陽彦に愛想を尽かせるしかない。失望でも幻滅でもなんでもいい、とにかく陽彦を嫌いにさせれば、離れていくだろう。

しかし口にしたとたん、これまでに味わったことのないような美味に衝撃を受けるとともに飲み込んで、次の手を伸ばしていた。

う、旨い！　ていうか幸せ！

美味《おい》しいものを食べて幸せというのはよく聞くが、全身を包む幸福感に浸りながらも驚いていた。微笑する阿修羅に見守られながら、気づけば半分以上を胃に収めてしまった。満腹でなければもっと食べたいくらいだ。

「気に入ったようでなによりだ」

しまったー！

全然嫌われていない。むしろ喜ばせてしまった。

陽彦が失態を悔やんで俯《うつむ》いている間に、阿修羅の手のひと振りでテーブルの上から料理が皿ごと消える。それを見た陽彦は、少しだけ落ち着いた。食欲が満たされて、気持ちが鷹揚になっているのだろうか。

「訊きたいことがあるんだけど」

「なんなりと」

手を握られて、手首の腕釧に唇を近づけられ、すかさず振り払う。

「あんた……ほんとにあの阿修羅像？」

「あの像に宿っている阿修羅だと、一昨夜も説明しただろう。なかなかの出来栄えで気に入ったのでな」

……えーと……つまり――。

「や、やっぱり、神さまなのか……？」

「そういうことになる」

そんなにあっさり肯定されても……。

きっと騙されたのだと思い直しながらも、侵入者＝人間説は昨日今日とことごとく裏切られ続けた。もはやその答えしかないのだろうと覚悟していたけれど、最終判決はやはり重くて、陽彦は項《うな》垂《だ》れてため息をついた。

「……それで、なんで俺なんだよ？」

「なんでと言われても……気に入ったのだからしかたがない。言っておくが、見てくれだけの安易な一目惚れではないぞ。初めはただ、ネズミを追い払ってくれた礼を言うだけのつもりだった。それが……話しているうちに可愛くなった。理屈っぽい殻《から》に包まれた内側の、脆《もろ》さや初心《うぶ》さ——素直さも垣間《かいま》見《み》えた。これまで少なからぬ数の人間が私を仰ぎ見てすがりついてきて、頼られるのには慣れていたが……ただの人の子に、こんなふうに揺さぶられたのは初めてだ」

脆さに初心さ、素直さ？　陽彦がいつそんな態度をとったというのか。阿修羅と対峙して、そのありえない造形や人ならざる能力に混乱はしたが、それなりに罵倒《ばとう》したりして、決して好感度を得るようなものではなかった。間違っても好かれたいとは思っていなかったし、そもそもそんなことに気を回す余裕などなかった。

しかし結果として、陽彦のなにかが阿修羅の琴線《きんせん》に触れたらしいと、なにげに上から目線な褒《ほ》め言葉から窺える。

「自分が気に入りゃそれでいいのかよ」

受け手側――つまり陽彦の気持ちはまるで無視した言い分を非難したつもりだったが、阿修羅は真顔で頷いた。

「肝心かつそれがすべてだろう。気に入ったから欲しくなる」

その言葉に、一昨夜のあれやこれやが走馬灯《そうまとう》のように脳裏をよぎって、陽彦は全身を粟立《あわだ》たせた。

やはりか。やはり阿修羅はそういった行為込みで、陽彦を欲しているということなのか。

……どうすりゃいいんだ……いや、どうするもなにも受け入れるなんて無理だし。それなら諦めてもらう方向に持っていくしかないだろ。

「……せっかくだけど、俺は人間の女性にしか興味がないんで」

「些細《ささい》なことだ。それに、まんざらでもなかっただろう。いや、けっこう――かなり悦んでいたはず――」

「わーっ、わーっ、言うな！　思い出させるなあっ！」

せっかく陽彦が記憶にふたをしようとしているのに、阿修羅のたったひと言が、目くるめく官能の一夜を鮮明に引きずり出す。声音になにか仕込んであるのではないかと思うくらい、妙に卑猥《ひわい》な気分にもなってきた。

な、なんで……そうか、これが神さまの力ってやつだな。理由がつかないことはそうに決まってる。けど神さまなら、エロいことばかりに力使ってんじゃねえよ！

「あ、あれはっ……おまえが三人も出てくるから！」

「ひとりではもの足りないと、おまえが言ったのだろう」

「そんなこと言ってねえ！　最初の姿が彫刻と違うって言ったんだ。勝手にすり替えるな！　だいたい分裂したのはその後だ。誰が男と初体験で4Pなんかするか！」

「では、今夜はふたりで」

それを聞いて、陽彦はソファから立ち上がった。

「冗談じゃない！　一対一でもごめんだ。俺は――あっ……？」

阿修羅の指先がくいっと動き、陽彦は直立したまま身を反らした。

な、なんだ今の……？　なんかが胸を……。

目の前で阿修羅の人差し指が、ワイパーのように左右に揺れる。それに合わせて、ワイシャツの中で胸を弄られているような感覚に翻弄《ほんろう》された。

「ちょ、なっ……」

「そら、もう尖《とが》ってきた」

「ばっ……やめろ！　よせって――あ、ああっ……」

身をくねらせる陽彦を、立ち上がった阿修羅が抱きしめた。とたんにぞくぞくっと身体が震えて、膝から力が抜ける。

う、うそ……っ……。

阿修羅に身を預けたまま荒い息を繰り返す陽彦は、太腿《ふともも》で軽く股間を押されてぎくりとした。

「こちらも硬く膨《ふく》らんでいるぞ」

「ひ、卑怯者《ひきょうもの》っ」

「悦んでいるくせに」

返す言葉がない陽彦をソファに倒すと、阿修羅は二本の手で脱がせていく。そればかりか合間に愛撫を加えて、全裸にしたときには陽彦を喘がせていた。腕が二本でも六本でも、人差はない。

そしてあっという間に合体してしまったのだが、これはやはり神さまのなせる技なのだろうか。

時間を計っていたわけではないが、体感的にはわずか数分で阿修羅を受け入れてしまったと思う。

いくら二度目でも、そんなにスムーズに身体が順応するはずがない。そもそもがそんな器官ではないし、阿修羅は並外れた巨根だ。それも潤滑剤もなしで。

「あ、ひいっ……」

それなのに、突き上げられてたちまち快楽に翻弄される。男のアイデンティティなど吹き飛んで、元からそこでセックスを愉しんでいたかのように、自分からも夢中になって阿修羅を貪《むさぼ》った。

「陽彦……可愛い奴……」

耳元で囁かれたそんな言葉にさえ官能を刺激されて、陽彦は二度、三度と絶頂を極めた。


俺のばか――っ！

翌朝、ひとりベッドで目覚めた陽彦は、数時間前の醜態を悶絶《もんぜつ》しそうになりながら悔やんだ。

二度目はない、それは言いわけできないと思っていたのに、あれよあれよという間に組み敷かれてしまった。それも、のっけから感じまくった。人数が減ったにもかかわらず、逃げることもできなかったのはもちろんのこと、与えられた快楽も同じ、いや、前回以上だった。

考えてみれば三人仕様のときも分身を立てたようなもので、元が阿修羅であることには変わりがないのだから、そういうものなのかもしれない。

いや、そんなのが言いわけになるか。問題は俺の反応だ。

とにかく気持ちがよくて、あられもなく喘ぎまくった上に、最終的には——いわゆるおねだり的な態度まで取ってしまったのだ。

『……もっと！　もっとしてっ……！』

そう叫んですがりついたのは、間違いなく自分だ……。

それに対し、阿修羅はほくそ笑みながら焦らすという、神さまらしからぬ無慈悲さを見せ、さんざん陽彦を悶《もだ》えさせてから豪快に突き上げてきた。

……いやー、よかった——じゃなくて！　今後の対策だ！

例によって自慰をしまくって後始末もしないまま寝てしまったような状態の下半身に不快感を持ちながら、寝室を出る。

阿修羅は「また夜に」と言い残していったから、毎晩やってくるのは決定事項なのだろう。締め出すのは不可能だ。なにしろ敵は神さまで、戸締まりなんて関係ない。

とにかく男が阿修羅像に宿った神さまだということは、事実として受け止めるしかなかった。データ主義のリアリストを自認する陽彦としては受け入れがたい話だが、現実としか考えられない事象を突きつけられては認める他ない。説明のしようがないのだから。

また、説明のしようがないことを、「神さまだから」とすることで、陽彦の精神衛生も保たれる。これまでの知識や理解の外のことは、「へえ、そうなんだ」と頷けばいい。どんなに理屈に合わなかろうと、それこそ「神さまだから」なのだ。

そんなふうに考えれば、今の状況は神さまに押しかけられているという、だいぶシンプルなものになる。押しかけなら現実的な話になるし、対処法もいろいろと見つけられる。迷い犬だの図々しい知り合いだのが押しかけてきたという話や、その撃退法が、インターネットにも溢《あふ》れているではないか。

正面切って追い出すのは無理だろう。阿修羅は人外の力を持っているようだし、実際の腕力でも陽彦に分《ぶ》はなさそうだ。

やはり向こうからその気をなくさせるという方法でいくべきか。とっとと飽きさせる、でもいい。どうせ「気に入った」なんて軽い理由で付きまとっているだけなのだから、気持ちが離れるのも時間の問題だろう。陽彦としては、それに加速度がつくように振る舞えばいいのではないか。というか、それ以外に思い浮かばない。

リビングのテーブルには、ホテル仕様の朝食がセットされていた。朝は余裕があればコーヒーを飲むくらいの陽彦だが、湯気を上げているベーコンエッグに引き寄せられて、さっそく食べ始めた。旨い。体力を消耗したせいもあるのか、たちまち平らげてしまう。

そして、皿くらいは洗っておくかと立ち上がりかけると、それらは煙のように消えてしまった。

驚きよりも感心する。

さらにひとりがけ用のソファの上には、畳んだ洗濯物が積まれてあった。本来なら、洗濯機の中で稼働待ちの汚れものだ。

どうやら阿修羅が家事を請け負ってくれているらしい。

『やることがあるんだよ。掃除とか洗濯とか……おまえと乳繰《ちちく》り合ってる暇はないの！』

陽彦がそう言ったのを、憶えていたのだろう。退路を塞がれたともいうか。

……考えようによっては、便利だよな。

阿修羅がいる間は、面倒な家事から解放されるということだ。そのくらいの恩恵はあっても、罰は当たらないだろう。

シャワーを浴びた陽彦は、ふと右腕の腕釧に目を止める。

やっぱりしっかりはまってんだけど……ほんとに見えないのか？

仕事柄、こんな目立つものは困ると訴えたところ、阿修羅は腕釧をひと撫でして首を振った。

『もう、おまえ以外には見えない』

出勤してから、陽彦はワイシャツの袖から覗く腕釧を、隣席の細見に見せつけるように腕を振り回してみたところ、しばらくして細見は書きかけの書類から顔を上げた。

「なんすか？　腱鞘炎《けんしようえん》？　湿布《しつぷ》ありますよ」

「……いや、平気」

細見は腕釧を気に入っていたようだから、目に留まればひと言くらいはコメントがあるはずだ。

譲ってくださいよ、とかなんとか。いや、できるならプレゼントしたいくらいだけれど。

とにかく腕釧の存在が周囲から気づかれなくなっただけでも、負担が減る。陽彦は数日ぶりに気持ちも軽く仕事に集中した。

その夜も当然のように阿修羅と夕食に陽彦は迎えられた。

「今どきの献立のほうがいいのだろう？」

テーブルに並んでいたのは、定食屋のようなメニューだった。カジキの煮つけに納豆を詰めた油揚げ、小松菜とひじきの白和え、出汁巻き卵。

陽彦はさっそく箸《はし》を手にして食べ始める。阿修羅は隣で笑みを浮かべていた。

「おまえは？　神さまは食わないの？　お供えとかあるよな？」

「食べられないこともないが、ふつうは気を取り込むだけだな」

供物の種類や方法なら、宗派ごとの違いも知識として頭に入っているが、それを受ける神仏側がどう受け取っているのか、どう思っているのかなど考えたこともなかった。神さまの存在を認めていなかったのだから、それ以前の問題だ。

「自分でなんでも出し放題なんだから、どんどん食えばいいのに――あっ、これ旨い！」

白和えを頬張って目を瞠《みは》った陽彦は、なにげなく阿修羅の口元に箸を差し出した。阿修羅は目を瞬き、そっと口を開く。咀嚼《そしゃく》しながら口元が緩むのを見て、陽彦も笑った。

「な、旨いだろ」

「ああ、おまえの唾液の味がする」

激しくむせてから、陽彦は阿修羅の肩を突いた。

「ついてねえだろ、ほとんど！」

「私にとっては食物よりもよほど美味だ」

しれっと言い返す阿修羅に背を向けるようにして、陽彦は残りのごはんを掻き込んだ。

変態じゃねえか！　どこが神さまなんだよ！

しかし神話を紐解《ひもと》けば、洋の東西を問わず妙な話が多い。現実離れしたエピソードはもちろんのこと、登場する神々も現代の常識や道徳観には当てはまらない。

特番のリポーターをするにあたって念のためにさらったが、阿修羅は仏教に取り込まれる前はヒンドゥー教の上位神で、いわゆるヒール的な位置づけだったらしい。魔人とか悪神とか。

まあ、インドの神さまはとにかく立場がころころ変わるし、二重三重にだぶっていたりしてブレまくりなのだが、総体的な阿修羅のイメージとしてはチョイ悪系というところだろうか。ついでに性愛の神さまだったこともある。

風呂も用意してあるという阿修羅の言葉に、朝シャワー派ではあるが断る理由もないからバスルームへ向かった。湯が溜まるのを待つ時間が惜しいので、湯船に浸かるのは久しぶりだ。しかもなんだかお湯の感じが違う。色も匂いも温泉的というか。

うーん、なんか嫁をもらったような——いやいや、違う！　そう、家政婦を雇ったような、だ。

とにかくプライベートが潤《うるお》っているのは、認めないわけにはいかない。

雑事から解放された分、ゆっくり風呂を使って寝室に行く。この時点で次の展開は覚悟していた。

すべてが都合よくいくわけではない。世の中はギブアンドテイク。

そのくらいはしかたない、よな。奴はそのために来てるわけだし。まあ俺も……どうしても嫌ってわけでもないし……。

気持ちがいいのは認めるが、決して積極的に行為をしたいわけではない。そこのところは自分の意思を確認しておく。確認するのがすでに揺らいでいる証拠――なんて頭の片隅で思いもするが、正直気持ちよくなければ相手にできないだろう、同性の押しかけセックスなんて。やればやるほど飽きるのも早くなると、期待してのことだ。

案の定、ベッドには阿修羅が腰かけていた。

うう、どうすりゃいいんだ？　自分から寝転んだりしたら、誘ってると思われないか？

躊躇っていると、阿修羅が手招きした。

「疲れが見える。少し揉《も》んでやろう」

「も……？」

会話の間に俯せに寝かせられ、阿修羅の手が背中を摩《さす》り始める。

ああ、マッサージってことね。

意味がわかると、陽彦の身体からすうっと緊張が解けていった。ヨガの発祥の地であるインドの神さまだからなのか、ツボを見つけるのが巧《うま》い。押されたり揉まれたりしたそばから、身体が軽くなっていくのを感じる。

「うあー……最高……」

横臥させられたころにはそんな呟きが洩れてしまうほどで、ついうとうとしていた陽彦は、妙な鼻息に気づくのが遅れた。阿修羅の手つきが変わっていることにも。

ていうか、どこを揉んでる⁉　それに、明らかにポイントが多いんだけど！　尻やペニスに触れられているのはわかる。そこで両手が使われているわけで、では、乳首を弄ったり、肩を押さえつけたりしている手はなんだ⁉

「ちょ、手が多すぎ――」

「三面六臂だからな」

「ひゃあっ、んぐっ……」

キスをされた。思いきり濃厚に、舌を吸い上げられる。いや、その前に、尻を舐められた！　その前というか、ほぼ同時に。混乱しながらそんなことを確認していると、ペニスにまで舌が絡む感触がする。

「んんん……っ……」

陽彦に触れる身体はひとつ――のようだが、感覚としてはやはり三面六臂。

いや待て！　この場合、どうなってんの？　ひとつの頭に顔がみっつって状態になれるのは知ってるけど、口と下半身じゃ離れすぎだろ！　届かないだろ！

絵面を想像すると恐ろしくて、息もできないようなキスをぎゅっと目を瞑《つむ》って受ける。

……でも、気持ちいい……。

相手は神さま、なんでもアリだ。そんな言いわけと、とても抗えない快感に、陽彦は阿修羅の身体を抱きしめていた。

　北陸へ日帰り出張だった陽彦は、マンションで出迎えた阿修羅に紙袋を手渡した。もはや阿修羅が待ちかまえているのは日常で、当たり前のように「ただいま」と言ってしまう。それに返ってくるのも、「おかえり」とか「お疲れ」とか。

「なんだ、これは？　酒か。あ、土産買ってきてくれたのか」

　五合瓶の詰め合わせを開けた阿修羅が口元を綻ばせるのを見て、スーツの上着を脱ぎ、ネクタイを解いていた陽彦は慌てて否定した。

「さ、酒蔵の取材だったんだよ。試飲して旨かったから買ってきただけ。土産ってわけじゃ——」

「あ、あんたのために買ってきたわけじゃないんだからね！　ってやつだな。知ってる。ツンデレとか言うんだろう」

「……よけいな情報を仕入れやがって……テレビやネットの見すぎだ」

　陽彦の帰宅時間は不規則なので、阿修羅は待っている間にテレビを見たり、インターネット検索をしたりしているらしい。

　神さまがそんなことをするのか、調べるまでもなく世の中のこともそれ以外も把握しているのかと思ったが、阿修羅は首を振った。曰《いわ》く、「大勢《たいせい》は摑んでいるが、個々の詳細についてはその時々で調べる。方法はさまざまだが、せっかくなら現代ならではのやり方がいいだろう。暇つぶしにもなるし」とのことだ。

神さまがぽちぽちキーボードを打っているなんて、急にスケールが小さくなった気もするが、逆に異質な存在を意識しなくていいというか、親しみやすいというか――いや、馴染んでどうするのかという話ではあるが。そもそも自分は、一刻も早く阿修羅に離れてほしいと願っているはずなのに。

……これってなんか、同棲生活っぽいような……。

家事を請け負って待っている相手の元へ、土産を手に帰宅するなんて、阿修羅が人間の女性だったら、ずばりそのとおりではないか。

……いやいやいや！　それは大前提として恋愛関係にあるふたりがすることであって、俺とこいつはそんなんじゃないから！

愛だの恋だのは微塵《みじん》も存在しない。しかしなんというか、最初の全否定はなくなっている。これまでの人生で培ってきたものの考え方を、その存在を含めて阿修羅に打ち砕かれてから、どうも陽彦の思考は変わったような気がする。

すべてが計算やデータで答えが出るわけではなく、いくら知識を得ても理由のわからない事象も存在する――阿修羅を前にしては、そう認めるしかなかったのだ。

そして、陽彦にとって新たな謎でもある阿修羅という対象は、驚かされる一方で非常に興味深くもあった。これまでの知識や経験では答えようがないことも、素直に受け入れられるというか、阿修羅ならそれもアリ、と思うことで、不思議と気持ちが楽になりもした。

「うーん、これかな」

テーブルに三本並べた酒瓶のひとつを、阿修羅が手にする。それは陽彦が気に入ったものでもあったので、思わず口を開いた。

「ああ、それ旨かっ――」

「ええー、私はこっちかな」

「じゃあ、私はこれで」

いきなり阿修羅の両隣に姿を現したのは、分身のその二とその三だった。一卵性三つ子のごとくにそっくりなのは、もちろん阿修羅自身だからに他ならない。

「それはやめろって言っただろ！　心臓に悪い」

三面六臂の神さまなので、意識も微妙に三人分というか分散可能というか、それが見た目にも表れた結果、三体になるらしい。もちろん阿修羅の意思で実体を増やすことも可能なのは、初体験の4Pで実証済みだった。

「わかったよ」

その言葉と同時に二体の姿は消えたが、今度は阿修羅の腕が増えている。三本の酒瓶を持って、思案げに見比べている顔はひとつのままなので、ますますややこしい。

「……だから、それもよせよ。わかってても、こっちの目が落ち着かないんだって」

阿修羅が異形《いぎょう》なのは今さらだと理解しているが、ただの人間でしかない陽彦は、視界に入ると無意識に異変と捉えてどきどきする。しかしそれも単なる反応でしかなくて、そんな阿修羅を嫌だとか気持ち悪いとか思っているわけではないのだ。

むしろ、便利なことも多かったりして……。

マッサージなんて最高だ。一度に各所に対応できるのだから機械に匹敵する。いや、三人分の手で揉まれるのだから、贅沢《ぜいたく》なことこの上ない。

そして――セックスにおいてもしかり。これもいうなれば、阿修羅によって目覚めさせられた。肉体的な意味だけでなく、意識的にも。

そもそも陽彦は、性的な対象を女性以外には考えられなかった。もちろん世の中にはいろんな嗜好を持つ人間がいて、市民権を持つグループも多いのは承知だったが、自分は端《はな》から無関係だと信じ込んでいた。

それは自分が女性に対して恋愛感情や性的衝動を持つから、性志向もそうなのだとなんの疑問もなかったのだ。異性との性行為にも満足していた――というか、こんなものだと思っていた。

それが根底から覆《くつがえ》されてしまった。これまで自分は性の悦びのなにを知っていたのかと、頭をぶん殴られたような衝撃だった。

いや、女性を相手にしても、勝るとも劣らない快感はあるのかもしれない。単に自分がそういう相手と出会っていないだけで。

しかし少なくとも阿修羅とのセックスで得たような悦びは、おいそれとは味わえないと思う。とにかく単純に性感ということならば、男女ではなく個人差なのではないかと、そう結論づけた。

つきあうわけでも、もちろん結婚するわけでもなく、単にセックスを愉しむ相手としてならば、阿修羅はかつてないパートナーなのではないか。まあ、セックスが陽彦の人生に占める割合など微々たるものだから、それでなにが左右されるわけでもない。阿修羅が求めてきて、陽彦も拒む理由がないからする、そんな状態だ。

そのセックスにおいて、三面六臂は実にいい仕事をする。単純に口と手の数が多い分、快感が増量されるというだけでなく、なにか――なんだろう、陽彦に向けられる熱のようなものも大量に感じられるのだ。どうもそれに昂らされる部分も多い。

三体に挑まれても、元が阿修羅だと思うと4Pの後ろめたさみたいなものはない。まったく別個の相手と複数でプレイするのももちろんのこと、たとえばこれが阿修羅が支配する眷属《けんぞく》を交えてのものだったとしても、きっと陽彦にはわだかまりが生じると思う。頭数がふたりより多くても、セックスをしているのは自分と阿修羅だという不思議な安心感のようなものがあった。

そして、互いに気持ちいいならこれはアリだと思う。これまでの陽彦だったら受け入れなかっただろう、我ながらびっくりだ。

阿修羅が陽彦に飽きて去ってしまったら、少しは残念かもしれない。性的な意味で。

とにかく阿修羅と出会ったことで、世の中に対する概念は変わった。過去のデータがすべてではないし、説明がつくことばかりでもない。そもそも万物において、陽彦が知る知識量など知れている。自分が知らないこと、信じられないことも実際にあるのだ。

「まあ、順番に飲もうぜ」

陽彦はとっておきの切り子のぐい飲みをテーブルに置いて、一本目の瓶から酒を注いだ。肴《さかな》になりそうな魚介の珍味も買ってきたので、それも包みを開ける。

「宅飲《たくの》みなんて久しぶりだなー」

きりりとした飲み口を楽しみながら、このわたをつまむ。

「そういえば、この部屋には酒がなかったな。最初の晩、ずいぶん酔って帰ってきたから、よほど酒好きなのかと思っていたが」

阿修羅の飲みっぷりはさりげない。するりと水のように杯《さかずき》を干すが、味わっているのかどうか疑問になる。

「好きだけど、やめどきがわからなくなるからさ。外なら帰らなきゃいけないとか、乱れたとこを見られちゃまずいとか、ストッパーがかかるだろ。家だと際限なく飲んでそのままつぶれて……翌日に支障をきたす。一度遅刻しそうになって、それ以来ひとりでは飲まないようにしてる——あ、二本目いくか？」

陽彦が手を伸ばそうとすると、先に阿修羅が瓶を手にして、酒を注いでくれた。

「なるほど。深酒になる前に止めればいいんだな。ちゃんと役目を果たす」

「そういうつもりじゃないって」

陽彦は慌てて否定した。

「誰かいれば安心ってのは、まあそうだけど……ふつうにおまえと飲みたいと思って。いつも食事用意してもらってるし——あっ、出来合いのつまみだけじゃなくて、なんか作るか？」

陽彦はぐい飲みを空にすると、立ち上がってキッチンカウンターへ向かった。冷蔵庫に手をかけると、阿修羅が後を追ってくる。

「料理をするのか？　しかしその中には、食材らしきものは入っていなかったが」

「ふだんはしない。ひとり分作るよりは、外食や買ったほうが経済的だからな。あ、作れないわけじゃないぞ。レシピってもんがあるんだから、そのとおりにすれば作れないはずがない」

陽彦はリビングに引き返してタブレットを手にすると、料理サイトを開いて阿修羅に差し出した。

「さあ、なにがいい？　あ、食材はおまえが用意しろよ。神さまの得意技でさ」

ふたりで五合瓶を空けただけだというのに、ずいぶんと気持ちよく酔いが回っている。自宅で飲んでいて、いざとなれば阿修羅がいるという安心感だろうか。それもあるのだろうが、なんだか楽しい。

「いっそ出来上がったものを出したほうが早くないか」

苦笑しながらタブレットを操作する阿修羅の肩口に顔を寄せて、陽彦もメニューを吟味《ぎんみ》する。

「それじゃ意味がないだろ。俺はおまえに手料理を食べさせてやりたいの！　ほら、食べたいもの選べ」

『いちばん食べたいのは陽彦に決まっている』

阿修羅の耳の後ろ辺りから声が聞こえて、陽彦はその二かその三の発言を手のひらで押し返した。

「やめろ」

「本心なのに」

阿修羅が楽しそうに笑う。

「決めないなら勝手に作るぞ。トマトとスモークサーモン出して！　それからえっと——」

出来上がった料理はまずまずの味だった。しかし陽彦が期待していたほどではない。

「レシピがイマイチだったのかな」

箸を置いて首を捻《ひね》ると、阿修羅が苦笑する。

「充分だと思うが……強《し》いて言うならスパイス不足か」

「スパイス？　おまえねえ、インドの神さまだからって、なんでもかんでも香辛料使えばいいってもんじゃ——」

「そうではなくて」

阿修羅は手のひらを料理にかざした。

「愛情、を加えるとよく言うだろう」

「ばっ……、ほんとによけいな情報ばかり仕入れてんな。だいたいなんで俺が愛情なんか仕込まなきゃなんないんだよ？」

「まあ、食べてみるといい」

箸で差し出されたそれを反射的に口に入れると、明らかにそれまでとは味が違っていた。

「……うっま……」

「愛情は偉大だな」

得意げに口端を上げる阿修羅を後目《しりめ》に、陽彦は自分の箸を持ち直して料理を頬張った。

愛情だって？　神さまの魔法を使っただけだろ。

しかしふだん阿修羅から供される食事を美味しく食べているということは、「愛情」のスパイスが振りかけられているということだろうか。なんだそれは、と思う一方まんざらでもない。

皿を空にすると、阿修羅は指を鳴らしてテーブルを片づけた。それぞれのぐい飲みに三本目の瓶から酒を注ぐと、それも空になった。

「あー、旨かった」

最後の杯を味わうように啜《すす》る。久しぶりにいい酒だった。

「一本目がいちばん好みだったな」

「そうだろ。こいつも悪くないけどな」

好みが合うのはなんとなく嬉しくて、浮かれた陽彦はつい口を滑らせた。

「胃袋を摑まれる、ってわかるか？」

「胃……？」

阿修羅はみぞおちの辺りを手で押さえて首を傾げる。

「旨いものを作る相手に落とされるってこと」

「落とされる……」

「つまり惚れるとか好きになるとか——あっ、いや！　俺が今そうだってことじゃなくて、慣用句としてだな——」

「いいことを聞いた」

阿修羅は空になったぐい飲みをテーブルに置くと、陽彦をソファに押し倒した。

「食欲も重要な攻略ポイントだということか。たしかに三大欲求に挙げられているくらいだ。今後はさらに精進《しょうじん》することにしよう」

「いや、だから俺が言ったのは一般論で……」

阿修羅の吐息が鼻先を掠める。神さまだからなのか、いわゆる酒臭い息ではなく、酒そのものの匂いがする。厳密に言えば、さらにいい匂いになっている。

「では、他の欲求も満たすとしようか」

すでにベルトを外していたスラックスの股間をやんわりと揉まれて、思わず声が洩れた。その反応に、阿修羅の指がファスナーを下ろす。

「……す、睡眠欲を優先してほしい」

「終わったころにはぐっすり眠れる」

それ以上は抗う気になれなくて、陽彦は阿修羅の背中に腕を回した。


「なんであの阿修羅像だったんだ？」

阿修羅に土踏まずをマッサージされながら、陽彦は尋ねた。なにか喋っていないと、気持ちよくて眠ってしまいそうだ。

「言っただろう。気に入ったからだと」

「それはわかってるよ。その決め手って？　たしかにすごくリアルで巧いとは思うけど――あっ、効くー」

阿修羅は苦笑して、指先に力を込める。

「実を言えば、気に入ったどころかかなりの吸引力だった。近づかずにはいられないような」

「へえ？　神さまを引きつける力って、すごくない？」

今度はどこか満足げな笑みを見せて、阿修羅は陽彦の隣に横たわった。そして子どもに対するように、陽彦の頭を撫でる。

「なんだよ？」

「素直で可愛いな」

「はあっ？　なに言ってんだ？　話が嚙み合わない」

「以前のおまえなら、私の言葉をそのまま信じはしなかっただろう」

それは、何事も「ない」と言い切ることはできないと、この短期間で思い知ったからだ。己の知識や経験が、まったく得意がるほどのものではないことも。

気づいた今は、以前の自分が恥ずかしいくらいだ。面と向かってそれを言うのも恥ずかしいやら悔しいやらで、言いわけする。

「……否定する証拠もないし、おまえが嘘を言う必要もないだろうし。それなら聞いておいて損はないだろ。知識として」

陽彦の答えに阿修羅は低く笑って、また頭を撫でた。そんな陽彦の心中も、見抜かれているのだろうか。なにしろ相手は神さまだ。

「荒摂は鎌倉へ流れてくるまでは、都にいた」

「都……って、京都？」

それは初耳だ。陽彦は興味深く聞き返した。なにしろ謎の多い仏師である。けっこう資料を当たったつもりだが、鎌倉での実績しか見つからなかった。それも現存が明らかになっているのは国宝の阿修羅像と、同じく相哲寺が所蔵するもう一体だけだ。

「都にはいくつもの仏師の組織があり、その中のひとつに属していた。一門の名を洲派《しゅうは》という。知っているか？」

「洲派……康洲《こうしゅう》とか清洲《せいしゅう》とか？　鏡泉寺《きょうせんじ》の如来像《にょらいぞう》とかも洲派じゃなかったか？　あと……そうだ、権光寺《けんこうじ》の菩薩像《ぼさつぞう》」

専門家でもない陽彦が挙げられるくらいだから、けっこう有名な部類だ。当時は仏師のグループが各パーツを担当して、寄木造の大きな仏像を作っていたという。荒摂もそのひとりだったのか。

「でも、そんなこと全然知られてなくないか？　いや、疑ってるわけじゃないけど……」

「とある寺に納められた仁王像《におうぞう》が動いた」

「えっ……？」

仁王像が動く……？

仁王像といえば仏像の中でも迫力ある造形が身上《しんじょう》だ。それをいっそう印象づけるように、巨大なものも多い。

「それって、もしかして……」

神さまが宿った？

しかし阿修羅は首を振った。

「実際のところはわからん。仏像どおりの金剛力士《こんごうりきし》が降りたのか、あるいはまったく別のなにかだったのか。とにかく仁王像は歩き回って伽藍を破壊した」

陽彦は絶句した。

なんということだ。寺を壊せるくらいなら、かなり大きな仏像だったはずで、それが動いたと想像するだけでも恐ろしい。

「大事件じゃないか……でも、聞いたことない」

「あまりにもひどい凶事として、歴史から封印されたようだな。その寺もそれきり再建されていない。伝承や物語のエピソードとして、知る人ぞ知るというところか。その仁王像の制作で中心となったのが荒摂——当時は定洲《ていしゅう》という名だった」

陽彦はいてもたってもいられず、ベッドサイドからタブレットを引き寄せ、検索をかける。洲派の仏師一覧に、そんな名前はなかった。

「抹消された……ってことか？」

「抹消か。そういうことだな。破門になり都を追われた。そして流れ着いたのが、幕府のあった鎌倉だ」

小さな庵《いおり》で単身、仏像作りに没頭していたのだという。集落の民に頼まれて路傍の地蔵などを作っていたが、あるとき鎌倉武士の目に留まり、その庇護を受けて制作したのが、『虎模様腕釧の阿修羅像』だった。その武家こそ、のちの戦国大名遊佐成廣の祖先だった。

「ん……？　てことは、像ができてすぐ宿ったわけじゃないんだ？」

「私が降りたのは、相哲寺に像が寄贈されてからだ。像の存在は知っていたが、念が強すぎて鬱陶しかった」

「念……荒摂の？」

陽彦の問いに、阿修羅は頷いた。

「ふうん。まあそうか。自分が作った仏像が破壊行動なんかしたら、トラウマだよな」

二度とそんなことが起きないように、神仏の降臨を防ごうと睨みを利かせていたということか。それでも仏像制作は止められなかったようだから、根っからの職人気質らしい。

阿修羅と目を合わせて、陽彦は小さく笑った。

「おまえも手出しできないくらい、荒摂の念はすごかったんだ？　ある意味、荒摂自身もただ者じゃないな。神さまを追い払うこともできて、それでも神さまが引きつけられるような仏像を作るって……ああ、大スクープじゃん！　こういうエピソードこそ、特番に入れたいよな。俺しか知らないなんてもったいないねえ」

「言いたければ言ってもかまわないぞ」

「誰が信じるんだよ。証拠もないのに」

陽彦はタブレットを置いて、阿修羅に向き直った。

「それに、おまえが動きにくくなるだろ。好き勝手に遊び回れなくなるぞ」

「おまえは信じるのか？」

阿修羅の揶揄《からか》うような言葉に、陽彦は開き直って頷いた。

「そうだよ。世の中、不思議なことはあるからな」


同期の女子アナ由加里の視線に気づいて、陽彦はざるそばを啜る手を止めた。たまたま休憩時間が合ったので、局の食堂で遅いランチを取っている。

「なんだよ？」

「なんか色気が出てきたと思って」

「はあっ？　ばからしい。男に言う台詞《せりふ》か。口説くつもりなら外してるぞ」

「あたしが高倉に？　悪いけどタイプじゃないわ」

由加里は大盛りのカツ丼を一気に掻き込む。こっちだって一七二センチもある女はお断りだ。それを個性としているのだろうけれど、ピンヒールを履いて隣に立たれると、完全に追い抜かれる。口に出すとセクハラになるから黙っているが。

「変な女に引っかかってるんじゃないでしょうね？」

女ではないが、変な神さまと半同棲状態なので、陽彦は内心ぎくりとした。

「……なに言ってんだ、いきなり」

「だってほんとに雰囲気変わったもん。まあ、元から顔はよかったけど、なんて言うのかなあ……うん、やっぱり色っぽくなった」

「だからそれが男に言う台詞かっての」

さりげなく否定しながらも、心の中では冷や汗だらだらだ。毎晩尻で感じさせられていれば身体機能もどうにかなって、それが表面上にも表れているのかもしれない。

いや、だからって気持ちまで引きずられてるなんてことはないし！　家政婦兼セフレとして便利だから利用してるだけだし！

十日も経つうちに、阿修羅が自分に害をなす存在ではないということはわかった。いや、強引なセックスから始まった関係ではあるが、それも好意によるもののようだし、今や陽彦もセックスに拒否感はない。むしろ極上の快感をもたらされて、充実しすぎるくらいの性生活だ。

しかしこの先、阿修羅とどうにかなるという展開はありえない。陽彦にだって人生設計というものがあって、いずれは気立てのいい女性と結婚し、子どもはひとりかふたり、郊外にマイホームを買って——と、平凡な幸せを描いている。阿修羅さんとラブラブでーす、なんて誰にも言えないではないか。それ以前にラブラブでもないし。第一、人間と神さまだ。人生の共有も不可能だ。あのエッチができなくなるのは残念ではあるが。

阿修羅にしても、このまま陽彦につきまとっている気はないだろう。陽彦には陽彦の世界があるように、阿修羅にも神さまの世界があるはずだ。

そうだよ、娘もいるんだよな。ってことは、奥さんもいるはずだろ。

インド神話によると、阿修羅には舎支《シャチー》という娘がいて、その夫は帝釈天《たいしやくてん》だ。最初は無理やり貞操を奪われたのに、なぜか舎支が帝釈天に惚れ込んでしまい、納得がいかない阿修羅は帝釈天を相手に戦《いくさ》を起こす。しかし何度挑んでも帝釈天に敗れ、しまいには天界を追われてしまうという、いかにも神話的な破天荒な展開になっている。

ん……？　てことは、神さまワールドでの阿修羅はあまり居心地がよくないのか？　だから、人間界にふらふら出張《でば》ってきてるのか？

その辺のところを尋ねたことはなかった。未知の世界を知るのは興味深かったが、阿修羅に関して個人的な質問をしすぎると、陽彦が阿修羅に対して興味を持ったと誤解されそうな気がしたのだ。

嬉々としながらも得意げに、長々と語ってくれるのが想像できる。

とにかく阿修羅にもベースとなる世界があるわけで、そこは陽彦の住む世界とはあまりにもかけ離れているのは確かだ。

それに、「気に入った」のひと言で押しかけてくるのはやはり怪しい。怪しいと言ったらまずければ安易、お手軽だ。そんな軽い感じでこういう展開になるなら、しょっちゅう同じようなことをしでかしているのではないか。

……でも、こんなに惹かれたのは初めてだって、言ってたよな……？

ふと思い出した阿修羅の言葉に、陽彦ははっとした。

それこそプレイボーイの常套句《じようとうく》ではないか。男は耳に心地がいい言葉を並べ、女はそれにうっとりしてまんまと引っかかる——まさにその構図だ。阿修羅も腹立たしいが、真に受けた自分にも憤りを感じる。

いや、ちょっと待て。ここで怒ったら、それこそ俺が阿修羅を好きみたいじゃないか。そんな、奴の娘みたいなこと……ないない！

阿修羅が軽い気持ちで迫っているのだとしても、陽彦もまた阿修羅から得るものがあるから関係を続けている。好いた惚れたの話ではない。そう、いってみればギブアンドテイクのおとなの関係——。


由加里が箸を止めてこちらをじっと見ているのに気づき、陽彦は我に返った。

「……な、見るなよ……」

「面白ーい。サイボーグみたいだったのに、いつの間にそんなに表情豊かになったのかしら？　誰の影響なのかしらー？」

「だからその話はよせって」

陽彦は俯いて、そばを何度も汁に浸す。

やはり他人の目から見ても、明らかに変わったと思えるのか。実をいえば陽彦自身も、鏡に映った姿を「ん？」と二度見することがある。外を歩いているときに、ガラスなどに自分が映っても目が留まる。

もちろん造作そのものが変わったわけではなく、表情なのだ。それが今までとは違う印象をもたらしている。

撮影スタッフにも何度か言われた。映りがよくなって、撮るのが楽しみになった、と。まあそれはアナウンサーとして喜ばしいことなのだが、色っぽくなったとか言われるのは困る。嬉しくもないし。

「そういえば、ネクタイ選びのセンスも変わったよねー」

……ほんっとによく見てるな、女ってやつは……。

箸を握りしめてそう思ったが、言い返すと話が続きそうなのでぐっとこらえた。

朝、スーツと一緒に見慣れないネクタイが置いてあることが多い。もしかしなくても阿修羅が用意したものだ。陽彦だったら選ばない柄だが、使いたくないと思うほどでもなく、そもそも出勤前は悠長に吟味している暇もないので、ろくに考えもせず身に着けていた。

「バングルなんか着けたりしてるしさあ」

「い、今は着けてないだろ！　ほらっ！」

さまざまな指摘に耐えきれず、陽彦は袖を引っ張って手首を示した。これも陽彦にはしっかりくっきり腕釧が見えるわけだけれど。あるものをないとしてはったりをかますというのも、なかなか根性がいるものだ。

由加里にも腕釧は見えないようで、すぐに視線は興味なげに逸れる。

「うん、指摘されてすぐ外したのも、かえって怪しいよね、って」

じゃあどうすりゃいいんだよ……。

「まあ、それも人生勉強だとあたしは思うけど、同期のよしみで忠告はしとく」

「忠告……？」

陽彦が訊き返すと、由加里は素早く周囲に目を走らせてから、テーブル越しに顔を近づけた。

「高倉が変わったのは、悪い連中と遊んでるからだって噂を流してる人たちがいる。仕事とプライベートは別だろって話だけど、あたしらの仕事ってイメージだのなんだのうるさいからね。足を引っ張ろうとする奴もいるし」

その囁きに、陽彦は頬を強張らせる。たしかに会社員でありながら人気商売でもあるという特殊な仕事で、オフであろうと気を抜くなというのはつねづね上司からも注意されている。醜聞で閑職に飛ばされたという噂のある者も、ひとりやふたりではない。

阿修羅とのつきあいは自宅の中だけだし、玄関を出入りしているわけでもないし、そもそも阿修羅の姿が陽彦以外に見えているのかどうかも疑わしいから、まず現場を見つかることはないはずだ。

というより問題は陽彦自身なのか。セックスの快感が別方向に開花してしまったのは認めるところだが、それが態度にも表れてしまっているなんて。だからそれに乗じた噂が湧いているということだ。

阿修羅の存在が見つかることはないとしても、それならどうして陽彦の印象が変わったのかという疑問が残るわけで、あることないこと言われ続ける可能性はある。そのうち上の人間の耳に入ったりして、中には信じ込む者もいたり、最悪仕事が回ってこなくなるようなことも——。

ヤバいだろ……いくら気持ちよくたって、人生をふいにするほどの価値はない。絶対に。

アナウンサーという職業に就《つ》いた以上は、今後は情報番組あたりのメインＭＣに起用されて、ゆくゆくは冠《かんむり》番組の代表作を持って――と将来を展望していただけに、それを脅かされていると聞かされて胃が痛くなってきた。

「あら？　食べないの？」

「食欲がなくなった……」

「もったいない。じゃあ、あたしが」

トレイごとざるそばを引き寄せる由加里に、いつものように文句を言う気力もなかった。


「どうした？」

帰宅するなり阿修羅に問われた。

「顔色がよくない。疲れているのか？」

おまえのせいだよ――という言葉を呑み込んで、陽彦は阿修羅の横を通り過ぎ、寝室へ入る。

阿修羅の来訪を徹底して拒んでいたわけでもなく、むしろ自分でも都合よく利用していたものを、噂が立ったからといって急に邪険《じゃけん》にするのは、さすがに身勝手すぎると陽彦にもわかっている。

しかし、なんの憂《うれ》いもないふりをする義理もないだろう。阿修羅がいなければこんな事態にはならなかったし、仕事に関わる問題は陽彦にしてみれば人生問題だ。それが脅かされているとなれば、原因に対して愛想よくできるはずがない。

買った憶えのないネクタイを解いた陽彦は、それを床に叩きつけた。気が晴れるどころか、物に当たる自分によけい嫌気が差す。

「陽彦――」

阿修羅がドア口から顔を覗かせた。

「食事の用意ができているぞ」

「……食欲ない」

ここで食事を取ったりしたら、それこそとんだダブルスタンダードだ。理由を告げるかどうかはともかく、阿修羅を拒絶するならもう会わないという形しかないだろう。

しかし、なぜか言葉が出てこない。何度か口を開こうとしたのだが、そのたびに先延ばししてしまう。

「それはいけないな。しかしなにか腹に入れたほうがいい。粥《かゆ》はどうだ？ すぐに出してやろう」

顔を曇らせた阿修羅は、踵を返してリビングに向かったようだ。ひとりになった陽彦は、俯いてため息をつく。

なんで言えないんだよ……遅かれ早かれ、別れは決まってることだろ。

着替えてリビングへ行くと、テーブルには一人用の土鍋で炊いた卵粥が湯気を上げていた。陽彦の姿を見た阿修羅が、茶碗にそれをよそってくれる。

「食べられるだけでいい。ああ、果物はどうだ？」

土鍋の横に、きれいにカットされたリンゴを盛った小皿が現れた。それを眺めるうちに、苦笑が浮かぶ。相変わらず阿修羅は甲斐甲斐《かいがい》しく面倒を見てくれているのに、それに引きかえ陽彦のなんて肝《きも》っ玉《たま》が小さいことか。

そうだ。もう少し落ち着けよ。

陽彦は自分に言い聞かせる。

今はただ陽彦の印象が変わったという話題が出ているに過ぎない。悪意のある噂は噂でしかなく、事実ではないのだから証拠が出るはずもない。

阿修羅の存在に至っては、気づかれるわけがなかった。たとえ直面したとしても、夢か幻と片づけられることだろう。最初に陽彦がそうだったように。

つまり噂だけでは決定的な展開にはなりえない——はずだ。

そうはいっても、気にせずにはいられない状況なのだが——。

「もう少し豪勢にしたほうがよかったのではないか」

ふいに聞こえた声に顔を上げると、ぼわんと阿修羅その二の姿が浮かび上がっていて、卵粥を指し示していた。

「カニとかエビとか……フカヒレ粥なんてものもあるらしいぞ」

「違うだろう。食欲がないと言っているのに、胃に負担をかけてどうする。むしろ卵も入れず、梅干しを添えるだけでいい」

反対側にその三も登場し、間に挟まれた阿修羅本体が、追い払うように両手を上げた。

「だから食べやすくて栄養価も高いものにしたのだ！　いいから黙っていろ。……陽彦、これも食べられないか？」

心配そうな三体に見つめられて、陽彦は首を振りながらレンゲを手にした。粥を口に運ぶ様子を、阿修羅ズは固唾《かたず》を呑んで凝視している。

「……そんなにガン見すんなよ。食べにくい。せめてひとりに統一してくれ」

陽彦がそう言うと、粥をひと口啜る間に、左右の二体の姿がぶれて真ん中の阿修羅に吸い込まれた。

「旨いか？」

陽彦が口端を上げたのに気づいてか、阿修羅は勢い込んで訊いてくる。慌てたように陽彦の言葉に従ったのがおかしかったのだが、卵粥も出汁がしっかりしていて、それでいてふわりと優しい味で旨かった。

「……うん、旨い」

「そうか！　よかった。どんどん食べろ。あ、いや、無理はするな」

ひと匙《さじ》ずつ胃を満たしていくうちに、阿修羅は悪くない、と思う。陽彦を気に入ったからそばにいるだけで、そこにはプラスの感情しか存在していないはずだ。どういう結果をもたらしているかはともかく。

それに振り回されて一喜一憂しているのは陽彦の都合で、阿修羅にしてみればそれこそ勝手に騒いでいるという話だろう。

しかし陽彦のほうもなんの対策のあてもなく、噂が過ぎるのを待つしかないという状況は、しかたがないと思いはしてももやもやするのは消し去れなかった。

あーあ、俺って人間ができてないな……。

とにかく阿修羅に当たるのはやめよう、そう思ったのだが、翌朝――。

「なんで目覚まし止めたんだよ！　遅刻じゃねえか！」

それでも起床予定の三十分後には自然と目が覚めて、陽彦はベッドから跳ね起きた。不規則だからこそ、体内でも目覚ましが稼働するようになったらしい。

しかし起床から一時間以内に出勤する陽彦にとって、三十分のロスは致命的だ。家中を駆け回って支度を進める。朝シャワーも省略だ。

「ゆうべから顔色が悪かったんだから、休んだほうがいい。人間は身体が第一だ」

「仕事はそう簡単に休めねえんだよ！　だいたい休ませるっていうなら、まずおまえが――」

言いかけて、そういえば昨夜はセックスをしたのだったかと記憶を手繰《たぐ》る。食事の後マッサージを受けたのは憶えている。いつの間にか眠ってしまって――。

あのまま寝たのか……？

しかし過去には、陽彦がうとうとしながらもセックスへなだれ込んだこともあったはずで、そもそも阿修羅の目的は夜這いなのだから、なにもしなかったなんてことがあるだろうか。

ああ、もう！　どっちにしても問題は遅刻だ。こいつが目覚ましを止めたことだ。これは完全に阿修羅のせいだろう。

腕時計をはめながら、どうにも間に合わない時刻が目に入って、胃がきりきりと痛む。今日は短い打ち合わせの後で、緊急のアナウンス部会議が入っているのだ。必ず出席しろと念を押されたというのに。

「陽彦、食事をしていけ。どうせ遅れるのだから——」

書類カバンを引っ掴んで玄関に向かう背中に声をかけられ、陽彦はキッと振り返った。

そういえばなぜ阿修羅はまだここにいるのだろう。いつもなら陽彦が目覚めたときには姿を消している。

とにかくそんなこともどうでもいい。なにもかもこいつが悪い。焦りと怒りが腹の中で渦を巻き、喉へ這い上がってくる。

「……出ていけっ！」

陽彦はそう叫ぶと、阿修羅の顔も見ずに飛び出した。

タイミングよく通りかかったタクシーに乗り込んで、進行方向と時計を見比べながら苛々《いらいら》と到着を待つ。

なんだよ……なんなんだよ！　勝手なことしやがって。

やはり阿修羅には人間の生活なんて理解できないのだ。陽彦に好意を持っての行動だったとしても、これまでがたまたま陽彦に都合よく動いただけで、このまま任せていたらとんでもないことになるところだった。

だいたい顔色がよくないから休めって……そんな甘いこと言ってたら、仕事なんかなくなるだろ。自分は神さまだから、なんの心配もないんだろうけどさ。

怒りにまかせて怒鳴りつけてしまったけれど、陽彦は悪くないはずだ。それなのに、なぜこんなに苛つくのだろう。タクシーが信号待ちに引っかかっているせいなのか。

悪いのはあいつだろ……。

局に駆け込むと、やはり打ち合わせは始まっていた。しかしメインの出演者が遅れてくるとのことで、進行内容まで進んでいなかった。

「すみません、遅くなって……腹の調子が悪くてトイレにこもってました」

陽彦は頭を下げながら席に着く。渋滞に巻き込まれて、と並ぶ言いわけのトップだが、ディレクターが心配そうに眉《まゆ》を寄せた。

「顔色悪いな。今の風邪は腹に来るってよ」

「あ、いえ……気をつけます」

内心の安堵を隠して頬を撫でながら、殊勝に頷いておく。言いわけを本気に取られると気が咎《とが》める。

それにしても、本当に顔色がよくないのだろうか。まあたしかに疲れ気味かもしれないが、その原因は阿修羅だと思う。毎晩のように何時間もセックスをしていれば、それも本気でいっていれば、疲れもするだろう。

つまり自己管理がなってないってことだよな。反省しよう。

引き続き会議に出向いた陽彦は、アナウンス部長を筆頭としてずらりと並んだ面々に緊張を募らせた。ディレクターもふたりほどいるようだ。

アナウンス部の会議は、主に新番組の担当選出などの打診の際に行われるが、部長によるもろもろの訓示や注意叱責《しっせき》の場合もある。ときの人気アナウンサーが女優と密会というスクープを撮られて、事前に問いただされたのも会議の席だった。当時入社一年目だった陽彦は、公開処刑にも似た雰囲気に恐れをなして、決してスキャンダルには巻き込まれるまいと、心に誓ったものだった。

が——もしかしてもしかするのだろうか。

証拠はないが、噂は出ている。醜聞を嫌う部長としては、大事になる前に事態を把握したくて、この場を設けたのかもしれない。

「本日集まってもらったのは、十月から昼の『デイト４』の担当が変更となる件だ。番組スタッフと我々で協議を重ねた結果——」

『デイト４』は正午から十六時まで四時間にわたる情報ニュース番組で、ＴＸテレビの看板番組のひとつだ。男女ひとりずつメインのアナウンサーが、ウイークデーの毎日を担当している。任されれば間違いなく出世街道に乗ったといっていいだろう。

つ、吊るし上げじゃないのか……よかった……。

安堵のあまり十センチ近く座高が縮まるほど脱力する。

いくら外聞を気にする部長だろうと、考えてみれば噂だけで叱責するわけもない。それなりに調査してからのはずで、陽彦の素行に目立った悪行が見つかることはないのだ、相手が阿修羅である限りは。

あーあ、びくびくしすぎだって、俺。顔色が悪いってのも、無意識に気にしてたせいかな。

「高倉、姿勢が悪い」

そこに部長の声が飛んで、陽彦は椅子の上で跳ねるように背筋を伸ばした。

「申しわけありません！」

「そんなことでは、せっかくの起用を考え直さなければならなくなるぞ」

部長はぎょろりとした目で睨むが、その口元には笑みが浮かんでいる。にわかに周囲がざわめき出した。いくつもの目が陽彦に集中し、三体の阿修羅に見つめられるよりも迫力を感じる。

え……？　ていうか、起用、って……？

「というわけで、十月からおまえも昼の顔だ。しっかり努めるように。みんなも協力してやってくれ」

拍手が湧き上がる。

え？　え⁉　俺⁉　俺が『デイト4』のＭＣ？

「やったじゃないすか、先輩！　出世街道まっしぐらですね！」

隣に座った細見に脇腹を小突かれ、その痛みが夢じゃないと知らせる。

「お、おう……」

マジか。マジで俺が……。

計画ではたしかに『デイト4』のような情報ニュース番組の司会は目標だったけれど、実現は早くても数年先だと思っていた。視聴者アンケートでも人気を上回る先輩後輩は何人もいて、彼らのほうが有望視されているというのが客観的な事実だろう。

上の空で会議の続きを聞いていたところによると、今回は思いきって若手の起用に踏み切ったらしい。試験的な部分もあるので、評判や視聴率によっては、容赦なく来シーズンで交代の可能性もあるそうだ。

いいや、頑張るし！　このチャンスをだめにするくらいなら、いっそアナウンサーを廃業したほうがいいだろ。

思い描いていた出世プランが現実のものとなったことで、陽彦は活力を漲《みなぎ》らせた。

しかも相方となる女子アナは、ＴＸテレビのマドンナとして名高い、三年上の堀越美咲《ほりこしみさき》で、陽彦の憧れの女性でもある。こんなラッキー尽くしがあるだろうか。

会議を終えてアナウンス部に戻ると、口々に祝いの言葉をかけられた。

「高倉おめでとう！　同期として鼻が高いわ。頑張ってね！」

由加里に思いきりハグされ、浮かれた陽彦は大仰に逃げ惑ってみせた。

「やめろって。就任前にスキャンダルになるだろ」

逃れようと伸ばした手を、ぎゅっと握られる。そこには堀越美咲がいた。

「高倉くん、よろしくね。イケメンの相方で嬉しいわ」

「あっ、こ、こちらこそ！　不束者《ふつつかもの》ですが、よろしくお願いします！」

最敬礼する陽彦の脛を由加里が蹴飛ばす。

「なに、その対応の差は。堀越さんの手を離しなさいよ」

ひとしきり挨拶が済むと、同期の甲野がふらりと近づいてきた。自然と陽彦が身構えると、すっと右手が差し出される。

「おめでとう」

え……？

「あ……ありがとう……」

まさか面と向かって祝われるとは思いもせず、陽彦は驚きながらも反射的に手を握った。

「せいぜい頑張れよ。こっちも隙あらばポジションを掻っ攫ってやるつもりだからさ」

……なんだ、けっこういい奴……？

「渡さねえよ」

陽彦はにやりと笑みを返した。

なんだかすべてがうまく進んでいるようで、内心小躍りしながら一日を過ごした。もちろんこれまでの仕事にも全力で取り組むべく集中し、終業時には心地いい疲労感に包まれて局を出た。

そうだ、阿修羅にも報告しないとな。

マンションのエレベーターが上昇するのが、やけに遅く感じられる。扉が開くとともに飛び出して、跳ねるように玄関前に辿《たど》り着いた。

「阿修羅！　すげえニュース！　なんと俺、『デイズ4』のMCに――」

ドアを開けて廊下を進みながら喋っていた陽彦だったが、無人のリビングを目にして、言葉を途切れさせる。

「……阿修羅？」

寝室だろうか。というか、いつものように食事の支度もしていない。

まさかゆうべエッチしなかったからって、ベッドで待ちかまえてんじゃないだろうな？　まあ、相手をしてやらないこともないけど、その前に俺の快挙を聞かせてやる。

廊下を引き返して寝室のドアを開けたが、中は真っ暗だった。そういえば、帰宅して灯りを点けながら歩いたのだった。ＭＣ起用に気を取られて、忘れていたけれど。

てことは、いないのか……？

リビングに引き返した陽彦は、一日のテンションが急速に下がっていくのを感じた。

阿修羅がいないなんて初めてのことだ。押しかけが始まって半月程度だが、帰宅したら迎えられるのが、いつの間にか当たり前のことになっていた。

目を動かしてもう一度確かめるが、やはり阿修羅はいない。リビングがやけに広く感じられる。

「……なんだよ、人がせっかく――」

そこで朝のけんかを思い出した。目覚ましを止められたことに腹を立てて、「出ていけ！」と怒鳴ったのだったが、そのせいなのか？

それで来ないのか？　神さまのくせにガキみたいなことしやがって……。

だいたい陽彦が悪いのか？　勝手に目覚ましを止められたり、休めと言われたりしたら、怒っても当然だろう。仕事は遊びではない。多少の無理はするものだ。そうやってきたからこそ、こうしてＭＣの役職を得ることができたのだ。

「……ばーか……」

自慢できなかったのは残念だが、阿修羅も明日には顔を出すだろう。なにしろ陽彦を気に入ったあまり日参しているくらいだ。本当は今日だってどこかで覗いているのかもしれない。

ならばあまり悔しがらず、知らんふりをしていよう。久しぶりにゆっくりひとりで過ごすのも悪くない。

――いない。

阿修羅の訪れが途絶えて三日が過ぎた。

二日目には腹立ちまぎれに阿修羅を罵《ののし》って、ソファやテーブルを蹴飛ばした陽彦だったが、今夜も姿がないとわかったとたん、身を包んだのは強い空虚感だった。

認めたくないことだが、ひどく寂《さび》しい。そして明日も阿修羅が現れなかったらと考えると、胸が絞られるような感じがする。

なんだよ。出ていけって言ったのが、そんなに気に入らなかったのか？

しかし最初のうちは、陽彦がなにを言っても懲《こ》りずに押しかけてきたではないか。決して愛想よくなどなかったし、その後は家政婦扱いで便利に使っていた。それでも嫌な顔もせず、むしろ楽しそうに世話を焼いていたのに、どうしてあれだけのことでぷつりと途絶えてしまうのか。

溜まった洗濯物を洗い、レトルトのカレーとごはんで夕食を済ませた陽彦は、スーツがしわになるのも顧《かえり》みずに脱ぎ捨てたままにして、ベッドに潜り込んだ。どれもこれも最近は阿修羅任せにしていたことで、家事にうんざりする。いや、うんざりというよりもわびしい。いやいや、労働そのものが問題ではなく、それをしなければならない現状――つまり阿修羅がいないということが、陽彦の気持ちを塞がせているような。

手首には腕釧がはめられたままだったが、それを見ても胸が痛くなる。

まさか……飽きた？

考えたくないことだったが、これはそういうことなのではないだろうか。きっかけは陽彦が出ていけと言ったことだったかもしれないが、阿修羅もまた潮時《しおどき》だと思ったのだろうか。

でも……俺を気に入ったって言ったのに？

なにがあっても離れないくらいの勢いを感じたものだが、実際のところはわかったものではない。

なにしろ相手は神さまで、陽彦とは思考回路もかけ離れている。

だいたい考えたくないとは、陽彦もどうしてしまったのか。考えていただろう、つねに。いずれ阿修羅が飽きるまでの辛抱だと、そう思っていたはずだ。

それに、『デイト4』のMCも決まった。看板番組のひとつを担う以上は、TXテレビの顔として恥ずかしくないアナウンサーでいなければならない。遅刻なんてもってのほかだし、醜聞も御法《ごはっ》度《と》だ。

それならこのタイミングで阿修羅がいなくなったのは、好都合——のはずだった。

それがどうしてこんなに動揺しているのだろう。いうまでもないことだが、阿修羅と陽彦は世間的な意味での交際関係ではない。セックスもすれば半同棲のようなつきあいでもあったけれど、恋愛感情ではない。お互いに。

洩れたため息が熱い。ちりちりと炙《あぶ》られるような肌の火照《ほて》りも、陽彦を悩ませる一端だった。阿修羅の不在に未練にも似た焦燥を覚えるのは、三日も阿修羅に触れていないせいもあるのだろう。

……三日も？　たった三日だろうが。あいつが来るまで、どのくらいご無沙汰だったと思ってんだよ。

そう自分に言い返してみるが、肉体的な異変は歴然としていた。

性愛の神さまとして祀《まつ》られた時期もあるという阿修羅とのセックスは、たしかに陽彦を新たな快楽に目覚めさせるほど強烈なものだったが、同時に麻薬のような常習性までもたらしたようで、時間が経つにつれて餓《う》えのような感覚に見舞われている。

実をいえば帰り道、風俗の看板を目にしただけで、そのままふらふらと飛び込みたくなる衝動に駆られた。MCという大役が先に控えていることで、かろうじて抑止力がかかり、それと阿修羅が来ているかもしれないという期待に、後ろ髪を引かれる思いで帰宅したのだ。

しかし阿修羅はいなかった。その事実に昨夜以上に気落ちして、さらに今はどうしようもないような欲求不満に見舞われて苦しい。

しかし陽彦は歯を食いしばるようにして、きつく目を瞑った。そんな陽彦を嘲笑《あざわら》うように、濃厚に絡み合う裸の映像が、脳裏に浮かんでは消える。当事者のはずなのに、自分と阿修羅を第三者の視点で傍《はた》から見ている。阿修羅の胴を跨《また》いで、自ら激しく腰を振り立てていたり、三人を相手に、それぞれ口と前と後ろを攻め立てられていたり——いずれの場面でも陽彦は悦びに酔い痴《し》れていて、思い浮かべている今の陽彦を、さらにせつなく淫らな気持ちにさせた。

……ひとりエッチなんかするもんか。だから早く来いよ！

胸の中で叫んで、はっとする。この期に及《ご》んで自分は、まだ阿修羅が現れるのを期待しているのだろうか。

出ていけと言った後に三日も姿を現さなければ、人間の恋人同士だって別れたと考えるのがふつうではないか。呼べば戻ってくると思っているのか。阿修羅は陽彦を気に入っているはずだから？

そんな程度のものが、根拠になるのか。

……でも、俺を気に入ってたんだろ……？　だったら――。

そんな願いもむなしく夜が明けて、陽彦は心身にダメージを抱えたまま出勤した。

期待は粉々に打ち砕かれ、阿修羅はもう現れない――そんな予感にひしひしと見舞われている。

しかし一方でそれを認めたくない。あれほど自分に尽くしてくれた阿修羅が、ひと言も残さずに去るなんてことがあるだろうか。

そうだとしたら、それこそ陽彦を気に入っていたという気持ちもすっかりなくなっていることになり、立ち直れなくなりそうだ。

デスクワーク中はともすれば阿修羅のことで頭がいっぱいになって、『デイズ4』の過去資料を調べているつもりが、まったく進んでいなかった。

「なにボーっとしてんのかな？　はい、これ」

女性ディレクターに台本を手渡されて、陽彦は目を瞬《しばた》いた。

「あ……これ……」

表紙には『大仏像展』の特番のタイトルがある。バラで添えられたプリントは、明日の夕方と夜のニュース用のリポート詳細だった。

「そうだった……出張でしたね……」

阿修羅の不在に気を取られて忘れていたが、京都で開催される『大仏像展』の初日は、明日に迫っていたのだ。昨日も打ち合わせはしていたはずなのに、すっかり抜け落ちていた。

「ちょっと、ほんとにだいじょうぶ？　明日は間に合うように京都に行ってよ？　取材班はもう出発してるから」

京都に行けば、阿修羅像がいる。阿修羅像イコール阿修羅ではないが、木でできた彫刻が相手でも再会に胸が高鳴った。その一方で怖いような気もした。

観覧客で溢れ返った会場で、陽彦もリポートをする立場で、仏像の阿修羅と対峙したところでなにが起きるわけでもないだろう。そうでなくても、阿修羅がもう陽彦に関心を示さないということもある。その場合も、阿修羅像はただの物体としてそこにあるだけだ。いわゆる無視される状態なわけで、それは陽彦にダメージを与えるだろうが、それでも阿修羅がそこにいるならまだいい。

陽彦の不安は、少し違っていた。もしかしたら仏像にはもう、阿修羅自身が宿ってすらいないかもしれない――。

気配、とでもいったらいいのか。気づいたのは阿修羅が姿を現さなくなってからなのだが、マンションにふたりでいるとき以外にも――つまり阿修羅がいないときにも、なんとなく雰囲気が漂っていたように思うのだ。

以前の陽彦だったら、そんな曖昧で非現実的なものは端から否定していただろうが、明らかになにかが消えたように感じる。

陽彦の前から姿を消しただけでなく、仏像からも離れてしまっていたとしたら――。


今年最大の展覧会との呼び声も高い『大仏像展』は、初日ということもあって大変な人出だった。午前中は招待客とプレス関係に限られていたが、入場を待つ長蛇の列が巨大なイベント会場を黒々と埋め尽くしていた。

朝一番で京都入りした陽彦は、撮影クルーに指示されるまま、会場入り口や各ポイントで、ニュースと特番用の撮影を次々とこなしていった。

なかなか場内の取材には移らず、陽彦はカメラが止まるたびに、何度となく会場の建物を振り返った。

「高倉ちゃん、なに焦ってんだよ。慌てなくてもこれから中に入るって」

「気合入ってるってことだよな。うーん、いいねーやる気のある若者は」

揶揄い交じりのスタッフの言葉に、陽彦は愛想笑いでてきとうに返した。

広い会場はいくつものブースに区切られていて、いつまで経っても阿修羅像の姿が見えない。焦りにも似た落ち着かなさを抑え込むようにして、陽彦は仕事に集中しようと努めた。

『虎模様腕釧の阿修羅像』はポスターにも載り、間違いなく展覧会の目玉のひとつだが、『大仏像展』

と銘打ったくらいなので、他にもそうそうたるメンツが並んでいる。なんといってもメインは、大英博物館から借り受けた平安末期の釈迦如来像だろう。日本史の教科書には、必ずといっていいほど載っているあれだ。

他にも国宝や重要文化財の指定を受けた仏像が、これでもかというほどに集まっていた。しかしこの中に果たして神さまを宿した仏像がいくつあるだろう。

陽彦は展示品の前を通るたびにつぶさに見つめていたが、次第に素通りに近くなる。

……あるはずないって。

再びリアリストの堅物に戻ったわけではない。阿修羅像に勝るとも劣らない精巧な作りの仏像も少なくなかったが、なにかを孕《はら》んでいるような気配は感じられなかった。

神さまが宿るということは、ありえないことではないけれど極めて稀有《けう》なことだったのだ。そんな阿修羅と知り合えたのは、弾き出せないくらいわずかな確率だっただろう。

正直陽彦の頭の中は阿修羅でいっぱいで、それ以外の仏像など関心が吹き飛んでいたが、特番的にはできるだけめぼしい作品を網羅したいわけで、入場してからもたびたび足を止めて撮影となった。

「OK。じゃあ次！　阿修羅像に行こう」

ディレクターの声に、胃がきゅうっと絞られるような心地になる。心臓もこめかみの脈もうるさいほどで、周りの雑音が掻き消される。

「高倉アナ、この先に阿修羅像があるから、ここからスタートしよう。紹介しながら歩いて、阿修羅像の前でストップ。いいね？」

陽彦が頷いて深呼吸をひとつすると、すぐにカメラが回った。カメラレンズに向かって無意識に笑顔が出るようになっていたことが、今ほどありがたく思ったことはない。

「はい、次がいよいよ阿修羅像です。鬼才・鎌倉時代の仏師荒摂の手による最高傑作。現在は鎌倉市の相哲寺で日々多くの参詣者を迎えていますが、今日からは国際ミュージアムホールでみなさんを待っています。展覧会への出展は初めてとのこと。さあ、ご覧いただきましょう――」

陽彦はカメラから視線を外し、阿修羅像が設置されている台座を振り返った。

……阿修羅……――。

等身大の寄木造。三面六臂の異形。当時の木造彫刻としては異質なほどにリアルな造形で、しかしだからこそ不思議な魅力に溢れた阿修羅像。

相哲寺の宝物殿で見たときよりも、効果的なライトアップがされていて、細部まで窺うことができる。心なしか色も明るく見えて、胸板や足の質感が迫力を感じるほどだ。

しかし陽彦は仏像の向こうに、その造形とよく似た男の姿を思い浮かべていた。整った造作は彫刻だと少し澄ましているように見えるが、そこに表情が加わると男前度と色気が一気に跳ね上がる。筋肉質なボディも、動きによってラインが変わることでいっそう魅力を増す。

声もそうだ。仏像を見るだけの者には想像もつかないだろうが、深く響く実にいい声をしているのだ。ときおり語尾が掠れるのがたまらない。

木彫りの装身具だって、本物は驚くほど繊細な意匠が施されている。腕釧のトラだって、もう少

しトラっぽく見える、と思う。それに、涼やかな音がするのだ。

マイクを手にした陽彦の手が震え、それに合わせて誰にも見えない腕釧がしゃらんと鳴る音が聞こえた。

思い出すまでもない。すべて脳裏に刻まれている。ちょっとワルっぽく口端を上げた笑みも、癖の強い髪が見た目よりずっと柔らかなことも、陽彦を抱きしめる力の強さも――。

……阿修羅……なにしてんだよ、おまえ。なんで来ないんだよ。

陽彦は阿修羅像を見上げたまま、立ち尽くしていた。視界の隅で、スタッフが合図の手を振っているのが見えたが、動けなかった。

気取ってんじゃねえよ、こっち見ろ。

阿修羅像がゆらゆらと揺れる。

仏像じゃなくて……動くおまえに会いたい――。

つっと涙が頰を伝うのを、止められなかった。


「いやあ、泣き出したときにはどうしようかと思ったけど、結果オーライだな」

「そうそう。夕方のニュースでも反響がすごかったらしいですよ。そんなにいいなら絶対見に行く、ってツイートがいくつも入ってました」

「オンラインチケットもぐっと売れたって」

撮影を終了して宿泊先のホテルのレストランに腰を落ち着け、反省会と明日の特番用撮影の打ち合わせ中も、阿修羅像前での陽彦の涙ポロリは話題だった。

ディレクターの指示で撮影が続行されたばかりか、それをメインに編集されたリポートがニュースで流れるという事態になったが、評判はいいらしい。

「へたなCMより、よっぽど効果的だった。これからああいうのが増えるかもな」

「明日ももう少し阿修羅像撮るか。高倉ちゃん、泣いてもいいけど像に抱きつくなよ」

「しませんよ、そんなこと。泣きもしません」

陽彦は不愛想に返す。

不覚だ。二十七にもなる男が、公衆の面前で涙をこぼすなんて。しかも仏像を見て。さらにそれを全国のお茶の間に披露してしまうなんて。

しかし気づいたら泣いていたのだ。彫刻でも阿修羅に会えたことに、そこかしこに実物を彷彿《ほうふつ》とさせるポイントがあることに。それなのに決定的に違うことに。そして、自分が求めているのは張りぼてではなく、そこに宿っていた阿修羅自身だということに。

阿修羅像からは阿修羅の気配が感じ取れなかった。いや、なにか察したら、それはそれで泣くどころの騒ぎではなかったかもしれないけれど、なにもなかったことにも陽彦はひどく胸が痛んだ。

初めて相哲寺で阿修羅像を見たときには、背を向けていてもしつこいほどの視線を感じたというのに、今日はなにもなかった。それはつまり、阿修羅本体はここにいないということなのではないか。

……じゃあ、どこ行ったんだよ？　もう会えないのか？

そう考えた瞬間、途方もなく苦しくなった。どんなに陽彦が願っても、阿修羅は姿を見せてくれないのだろうか。

ふざけんなよ。勝手に押しかけといて……気に入ったのひと言で、人の貞操奪っておいて。飽きたらポイかよ？　神さまがそんな非道なことしていいと思ってんのか？　俺は——。

「高倉ちゃん？　どした？」

怪訝そうに声をかけてきたスタッフに、陽彦ははっとして箸でつまんだままだったハモの天ぷらを口に運んだ。

「……いえ、なんでもないです」

そう答えたが、心臓がどきどきしている。阿修羅のことを考えてこんなに苦しくなる理由に、とうとう思い当たったのだ。

俺は……阿修羅のことが好き——なんだ……。

恋愛的な意味で。

それこそ阿修羅とのつきあいは、恋人同士のそれと大差ないものだったが、互いに愛だの恋だのの感情はないはずだった。いや、実際なかった。

阿修羅は神さまだからか、上から目線の「気に入った」だったし、目新しい遊び道具か愛玩動物を見つけたくらいのノリだっただろう。

陽彦のほうだって、初めは厄災に見舞われたようなものだった。これまでの人生経験や価値観を覆され、人格形成にまで影響を及ぼされたような気がする。このままではろくなことにならない、一刻も早く立ち去ってほしいと、ずっと願っていたはずだった。

それなのに――今は恋しい。

しかし阿修羅はいない。

失って気づくなんて言い回しや、それに似た後悔を表すことわざもあるが、まさか自分が、しかも恋愛関係でこんな思いをするなんて。過去に振られた経験はあるし、それに対して反省もしたけれど、これほど激しく失望したことはない。いつものように反省点と改善策を検討して終了という処理は、とてもできそうになかった。

望みは絶たれたのも同然なのに、諦めがつかない。いや、諦めというよりも、好きだという気持ちが消えない。

解散してもホテルの部屋に戻る気になれず、陽彦はラウンジバーへ移動して、ひとり杯を重ねた。

会えない相手を想い続けて、どうするってんだよ……。

まだ残っているもともとの性格が、建設的な意見を出してくるのだが、今や大部分を占める阿修羅登場後の陽彦の思考は、思い出を反芻して恋しさに浸っている。

阿修羅はたびたび陽彦を可愛いと言っていたが、間違ってもそんな印象を持たれるタイプではないと自認していたので、右から左へ聞き流していた。こんなことならもっと可愛いアピールをしておくべきだった。そうすれば、阿修羅もまたそばにいたかもしれない。

……でも、そのころはまだ好きだなんて気がついてなかったし、むしろ追い出したかったし……。

とにかく反省したり改善策を考えたりしても、終わってしまっては意味がない。次の機会に適用するわけにはいかないのだ。阿修羅でなくては――。

ああ、もう！　どうにもならないのかよ……。

「横、いいかい？」

「んあ？」

ピッチを上げて飲んでいた陽彦が酔いに据わった目で顔を上げると、隣のスツールに座った男が微笑んだ。

「……え？　あ、加瀬林《かせばやし》さん……？」

加瀬林将《しょう》――時代劇を中心に活躍する俳優だが、四十を過ぎても若々しいイケメンで、女性人気も高い。陽彦が二年目に担当した深夜番組のメインMCで、その後もたまに食事や飲みに誘ってくれる。

「お疲れさまでふ……」

「ああ、そのまま。立たなくていい」

加瀬林はバーテンダーに軽く手を上げてスマートに酒を注文すると、陽彦に向き直って微笑んだ。

「下でロケ班に会ってね、高倉くんも来てるっていうから覗いてみたんだ。ビンゴだったな」

「ごぶさたしてまふ。加瀬林さんは撮影れすか？」

「うん、『天下御免』の三シリーズ目。京都撮影中はここが定宿なんだよ」

主演ではないが、『天下御免』の武士役は加瀬林の当たり役だ。

「それよりずいぶん進んでるみたいじゃないか。俺が誘ってもそんなに飲まないのに」

「そうれすね。ひとりで飲んでたら、けっこう空けちゃって」

べつに飲みたくて飲んでいるわけではない。飲まずにいられなかったのだ。ヤケ酒というやつだ。

正直なところ、加瀬林の話し相手をする気分ではなかったが、テレビ業界の大先輩であり、世話にもなった相手を無下《むげ》にできるはずもない。

「じゃあ、思いがけない再会に乾杯――」

新しいグラスがふたつ差し出されて、陽彦は促されるままに口をつけた。

うお、濃い！　効くう～。

「展覧会の撮影なんだって？　前評判が高いみたいだね。心なしか京都の人口が増えた気がするよ。俺もこう見えて、仏像はけっこう好きでね。時間があると近くの寺に足を運んだりして……特別有名ではなくても、いいものに出会ったり」

「へー」

陽彦はなおざりに相槌《あいづち》を打って、グラスを口に運ぶ。

「しかし、今回の展覧会はさすがだね。さっきパンフレットを見たけど、そうそうたるラインナップだ。ことに阿修羅像が――」

「そうれしょう！」

阿修羅の名前が出たとたん、陽彦はグラスを音高く置いて、加瀬林の顔を覗き込んだ。

「あ……ああ、高倉くんも好きなのか？」

あまりの食いつきぶりに、加瀬林は若干退き気味のようだが、かまうものか。阿修羅がどれほど素晴らしいか、教えてやろう。

「しゅごいんれすよ！　まさに等身大なんれす。それらけじゃない、顔らってからららって、ほとんどそのままなんれす。いや、実物はもっとカッコいいんれすけどね――」

「そ、そうか……ところで高倉くん、いつまでこっちにいるんだい？　よかったら、明日食事でも――」

「それに声がいいんれすよー」

加瀬林が聞いていようがいまいが、どうでもよかった。陽彦は言葉が溢れ出るに任せて、阿修羅を称えた。

それから何杯飲んだのか、さすがに明日に響くと席を立つと、笑ってしまうくらい足元がふらついた。

「だいじょうぶか？　部屋まで送ろう」

「いいえ、とんれもない。おかまいなく～」

断りながらも、支えてくれる腕を振り払いようもなく、むしろ体重を預けてしまう始末だ。

エレベーターを降りてからも、加瀬林は陽彦を支えている。部屋の前でカードキーを操作してドアを開けてくれた加瀬林に、陽彦は今度こそ深く一礼した。そのまま倒れ込みそうになりながら。

「こんなところまで、ありがとうございまふ。れは――」

「ここは俺の部屋だよ」

「うえ――？」

てっきり自分の部屋だと思っていたが、そういえばカードキーを出したのは加瀬林だった。よくよく見れば、いかにも特別室が並ぶフロアらしく、ドアがぽつりぽつりとしか見当たらない。

しかし自分の部屋へ行くなら、陽彦のことは放り出してくれてよかったのに。いや、陽彦が寄りかかっていて、離すに離せなかったのだろうか。

「す、すみません！　じゃ、また――」

「いいじゃないか。ふらふらで危なっかしいし、もうここで休めば」

なにを言っているんだ、この男。いくら酔っ払っていようと、一介の局アナが有名俳優相手にそこまで図々しくなれるか。というよりも、同じ部屋で寝たくなんかない。今後も縁のなさそうな超豪華スイートルームであっても――と思うのに、加瀬林に半ば引きずられて入室してしまった。

陽彦のスタンダードシングルルームとは、部屋の面積も調度品のグレードも違った。ドアを入ってすぐ玄関ホール風の空間があり、間接照明が大理石の床を照らしている。その奥にも重厚な木枠にガラスがはまったドアがあり、そちらがリビングのようだった。

しかし加瀬林はドアの手前で右に折れ、短い通路の先に新たに現れたドアを開ける。そこは壁一面がガラス窓になっていて、漆黒の夜空が広がっていた。一瞬外に出てしまったのではないかと目を瞬く間に、突き飛ばされてベッドにひっくり返った。

「うぷ……」

胃の中までがひっくり返るような衝撃と眩暈《めまい》で、動けずにいる陽彦の靴が抜き取られていく。逃げようと反対方向に手を伸ばすが、縦よりも横のほうが長いようなベッドの端まで届かず、シルクなのか、つるりとしたシーツを指が滑った。

「しわになるからスーツも脱ごうか」

加瀬林の言動は世話焼き系だが、ネクタイを解く手つきがなんとなく粘っこい。首筋を擽られて、陽彦は怖気立ちながらはっとした。

この人ってたしか……ゲイだかバイだかって噂だった……！

去年、男と肩をくっつけるようにして飲んでいるところを、写真週刊誌にすっぱ抜かれたのだ。単に酔っていたからとコメントし、相手も一般人だったのでそれきりになったが、これはやはり事実だったのだろうか。

いや、この際事実かどうかは問題ではない。そんな前科のある加瀬林とホテルの一室にいるということが大問題なのだ。

カーテン全開だし！　そりゃ地上何十階なのはわかってるけど、望遠で覗かれてるかもしれないし！　写真なんか撮られたら――。

ベルトに手をかけられたところで、陽彦は必死に加瀬林を押し返した。

「ま、マズいですって！　俺、出てきますから！　じゃなかったら、加瀬林さん出てってください！」

「ここ、俺の部屋だよ」

「マジで困りますから！　『デイズ4』が――」

阿修羅がいなくなった今、仕事だけが陽彦の支えだ。それがふいになるような状況は、なんとしても避けねばならない。

加瀬林と一般人男性との密会写真が脳裏に浮かぶ。その一般人男性の顔部分が、陽彦に切り替わる。次に浮かんだのは、陽彦と加瀬林がベッドの上でもつれ合っている光景だ。扇情的《せんじょうてき》な見出しが、3Dのように飛び出してくる。

まずい。絶対にまずい。加瀬林ランクの俳優なら、必ずひとりやふたり記者が張り込んでいるだろう。部屋に入るところを見られたかもしれない。写真を撮られていたりしたら、かっこうのゴシップネタだ。

靄《もや》がかかったようになっていた頭は醒めたが、いかんせん首から下は依然としてアルコールの影響下にあって、思うように力が入らない。

「じっとして。ワイシャツのボタンが取れちゃうよ」

袖のボタンを外されたとき、腕釧が手首を滑った。加瀬林には見えないだろうが、たしかにそこには阿修羅にはめられた腕輪がある。

醜聞だとかマスコミ攻撃だとか仕事がふいになるとか、そういうことだけではない。むしろ問題はそっちではないのだと、陽彦は気づいた。

加瀬林とどうにかなりたいなんて、これっぽっちも思っていない。それはたしかに数日前から身体は悶々としているが、たとえここで行為に及んでも、決して解放はされないだろう。加瀬林ではだめだ。きっと風俗でも他の誰でもだめだ。それ以前に、勃《た》つ気もしない。

なぜなら自分は――。

「……阿修羅——！」

思わずそう叫んでいた。

そうだ。阿修羅だ。阿修羅でなければだめだ。

しかし阿修羅は、陽彦の前から消えてしまった。抱き合うことも二度とない。

それでも阿修羅がいい。それがだめなら、今後セックスレス上等だ。

違う、性欲は二の次なのだ。セックスがしたくて阿修羅を求めているわけではない。ただ、そばにいてほしい。好きだから——。

「高倉くん、ここで阿修羅はないだろう。仕事熱心だな。それとも俺より阿修羅像が好きだなんて言うつもりか？」

「ああそうだよ、大好きだよ！　ついでに言えば、像じゃなくて阿修羅が、だけどな！」

「やれやれ、酔わせすぎたか。しっかりしてくれよ。こっちのほうはだいじょうぶかい？」

スラックスの上からするりと股間を撫でられて、陽彦は怖気上がった。

「ぎゃあああっ！」

陽彦の叫びと同時に、ピンポーン、と間抜けなチャイムの音が響く。加瀬林は手を止めてドアを振り返った。

「なんだ？　こんな時間に」

続けざまにチャイムが鳴り、加瀬林は舌打ちしてドアに向かった。

「なんだ!?　ランドリーか？　今開ける！」

これまでに聞いたことがないほど不機嫌でぞんざいなトーンと口調だった。好感度の高い人気俳優の、これが素顔なのだろうか。

「失礼します」

開いたままのドアから、玄関でのやり取りが聞こえた。

「ん……？　なんだ、クリーニングじゃないのか？　なにも頼んでもいないぞ――あっ、おい！」

人気俳優の声と口調に戻った加瀬林が、慌てたように叫んだ。早い足音が大理石の床に響く。

えっ？　えっ？　なに⁉

近づいてくる足音に、陽彦は慌てふためいた。まさかとは思うが、寝室を目指しているのだろうか。

小説やドラマなら、ホテルの従業員に扮したカメラマンが乗り込んできて、決定的瞬間を捉えたりするが、それはしょせん作り事だ。外部の人間がホテルマンに変装して客室に侵入したりしたら、信用問題に関わる。経営の危機にも繋がる大事件で、それこそ大スクープだ。

「待てって！　ふざけるな！　俺を誰だと思って――」

加瀬林の声の感じから、必死に引き止めようとしているようだが、相手の足音はまったく影響が窺えない。ついにドアの陰から制帽が覗き、陽彦は全身を強張らせた。

――ボーイの姿が見えた。後ろから肩を掴む加瀬林が、身長で完全に負けている。加瀬林も平均以上の背丈のはずだが、現役俳優が霞《かす》むほどボーイはスタイルがよく、制服が似合っていた。しかし、ずるりと長い髪をシニョンにまとめているのが、襟足《えりあし》から覗いている。

なんだよ。清潔感のある身だしなみが、ホテルマンの身上じゃないのか――え……？　ええっ⁉

ぎょっとする陽彦の目に、背中に張りついた加瀬林を押し飛ばしてこちらへ近づいてくるボーイの姿が映る。

……あしゅ……ら……？　いや、まさか……なんでボーイ……？

「お預かりします」

ボーイはベッドに屈むと、呆然として声も出ない陽彦を肩に担ぎ上げた。

「ちょっと！　お預かりってなによ？　勝手なことしないで！」

加瀬林が怒鳴るが、自分で気づいていないのか、完全なオネエ言葉になっている。ボーイは陽彦を担いだまま加瀬林を見下ろして囁く。

「マスコミがうろついていています」

そのひと言に陽彦もぎくりとしたが、加瀬林の慌てぶりはそれ以上だった。

「え？　ええ？　な、なに言ってるの！　あたしは芸能人じゃないし！　他人の空似だから！　それにこの人は、勝手に部屋に押し入ってきた人だし——もう、出てって！」

喚く加瀬林に押し出されるようにして部屋を出、廊下を歩き出したかと思うとくらりと眩暈を感じ、次の瞬間にはなんの変哲もないシングルルーム——陽彦の部屋の中にいた。

——間違いない、こんなことが可能なのは阿修羅だ。

「酒臭いな、陽彦」

ベッドに下ろされて、陽彦は食ってかかる。

「阿修羅だろ！　おまえなんで――……うっ……」

吐き気が込み上げて身を伏せた陽彦の肩に、大きな手が触れた。そこからなにかが流れ込んできて、頭痛と胃の不快感がすうっと消えていく。深く息をついた陽彦が目を上げると、阿修羅が苦笑を浮かべていた。丈の短い軍服のようなジャケットに、ブレードのついたパンツ、おまけにギャリソンキャップというボーイの制服が、違和感ありまくりなのになぜか似合う。

「……なんだよ、そのカッコ」

「このほうが怪しまれないだろう？　陽彦の部屋へ行って驚かせるつもりだったんだが」

片手を上げて氷水が入ったグラスを出現させた阿修羅は、それを陽彦に手渡す。

「びっくりしたよ！　ていうか――」

阿修羅だ。阿修羅がいる。変なコスプレしてるけど、ていうか、いつの間にかこっちをコスプレって感じるようになってるんだな。ふだんのカッコと比べりゃずっとふつうなのに。ああ、ていうか――。

陽彦は手にしていたグラスを一気に呷《あお》った。ただの水かと思ったが、さらに意識がクリアになって、体調もまったく問題がなくなった――はずなのに、また胃がきゅうっとせり上がってきた。いや、これは胸だろうか。とにかく身体の内側からなにかが膨れ上がってきて、陽彦は阿修羅にしがみついた。

「なんでっ！　なんで来なかったんだよ！　四日だぞ？　毎晩来てたのがぷっつり……俺、もう会えないんじゃないかって――」

いつものように直に肌や体温を感じられないのがもどかしい。しかし感触は間違いなく阿修羅だった。

もう触れられないんじゃないか、それどころか話をすることも、顔を見ることすらできないんじゃないかと失望していただけに、嬉しくもあるが、苦しんだ分腹立たしくもある。それでも文句を言うよりも、拳で叩くよりも、今は阿修羅の感触をひたすら味わいたかった。

「あー、行こうとしたんだけどな。三河《みかわ》までが限界だった」

頭上から、きまり悪げな声が聞こえた。

「三河……？　愛知県《あいちけん》？」

どうしていきなりそんな地名が出てくるのかと、陽彦は怪訝に思って顔を上げる。阿修羅は鎌倉と代々木を行き来していたのではなかったか。愛知は逆方向だし、はるか遠方だ。

「あの日寺に戻ったら、像が運び出されるところだった」

「あ……京都――」

『大仏像展』に貸し出す搬出かと思い当たった陽彦に、阿修羅も頷く。

つまり阿修羅像に戻ったところを、京都まで輸送されてしまったということか。

「でも、毎晩仏像から抜け出して、俺のマンションに来てたじゃないか」

陽彦の言葉に、阿修羅は眉を下げて頬を掻いた。

「長らくあの像に住みついているからな、あれを拠点として行動範囲が制限されてしまっているらしい」

「……それで、京都からの限界が愛知県？」

他にも憑代《よりしろ》を作っておいたほうがいいな、中継地点というか――などとしかつめらしい顔で呟く阿修羅を前に、陽彦は脱力した。

……なんだ。飽きられたんじゃなかったんだ……ていうか、ずっと俺のとこに来ようとしてて……。

名古屋辺りで見えない壁に阻《はば》まれたように立ち尽くしている阿修羅を想像すると、笑いそうだった。同時に今までの心配が霧散してほっとしながらも、熱いものが胸の中に込み上げてくる。

帽子を取った阿修羅が、陽彦の顔を覗き込んできた。

「そんなに私が恋しかったのか？　昼間、泣かれたときはどうしてやろうかと思ったぞ」

揶揄うような声に、陽彦ははっとして阿修羅を睨んだ。

「みっ、見てたのかよ、やっぱり！　そうだよな、おまえ京都に来てたんだもんな。知らんふりしやがって……気配も殺してただろ！　だから俺は、おまえが仏像からもいなくなったんだと思って――」

「見ないようにしてたんだ。仏像の股間が膨らんだら大騒ぎだろうが」

「な、なに言って……」

ふいに肩を摑まれ、ベッドに押し倒された。切れ長の目で見下ろされると、ますます鼓動が走る。

嬉しくて、期待して、身体が熱くなっていく。

「どう頑張ってもおまえの元に辿り着けなかったこの数日、どれほど狂おしく焦《こ》がれていたかわかるか？　それがおまえのほうから現れて、しかもてきぱき仕事をこなしてる姿なんて見せられて……惚れ直したぞ。ああ、周囲の人間もおまえに注目していたな。あまりにも注目しているから、いっそ本体ごと動いて蹴散らしてやろうかと思ったくらいだ」

「ばっ……そんなことできるのに、名古屋から先に行けなかったのかよ……」

「そこを突っ込まれると、一言《いちごん》もない」

吐息が鼻先に触れた。それに誘われるように、陽彦の顎が上がる。

「あしゅ……、阿修羅……っ……」

舌が伸びてしまう。キスを待ちわび、阿修羅の唇に触れたくて、いっそ自分から仕掛けたいほどで。

「……っ、……」

舌先が触れ合う。電流が走るような衝撃に、しかしもっとしっかり触れ合いたいと、陽彦は押さえつけられている両腕に力を込めて、阿修羅を抱き寄せた。

「ああっ……阿修羅、阿修羅っ……」

ボーイの制服が消え去り、直に阿修羅の肉体を感じる。太腿に当たる怒張が、陽彦の欲望を掻き立てた。

「これが欲しかったんだろう？」

口の中に囁きを吹き込まれて思わず頷きそうになるが、陽彦は怒張を太腿で擦りながらも否定し

た。

「違うっ……それだけじゃなくて、全部……っ……おまえが、阿修羅が全部欲しかったっ……」

ふと阿修羅の動きが止まる。顔を見たいのに、阿修羅は陽彦の首筋に額《ひたい》を押しつけている。

「……阿修羅……？」

「……人間ではない私を？」

「それを言うなら、おまえだって人間の俺が気に入ったんだろ。関係ないじゃん。ていうか、どうしようもないだろ、好きなんだから！」

息が詰まるほど抱きしめられ、顔中に唇を押しつけられた。まるで大型犬にじゃれつかれているようだ。陽彦も無意識に阿修羅の唇を追いかけてしまって、忙しなく動く顔を擦りつけ合うことになる。

「そうだ、どうしようもないな。おまえは人間で、私は仏像に宿った神。それでも好きなのだから、たしかにどうすることもできない。いや、どうにでもする――」

顎を取られて、間近から強烈な色気を含んだ顔を見せつけられた。それだけでもう、陽彦の心は絶頂を迎えてしまったような気がする。

「あ……あしゅ……――」

噛みつくように唇が重なってくる。身体の中身も、意識まで吸い出されてしまいそうなキス。あげるのはやぶさかでないけれど、陽彦も阿修羅が欲しくて、夢中になって吸い返す。争うようなキスを数分続けて、その間にも何度達した気分を味わったことか。

「しかし……他の奴を相手にしようとするなんて許さん」

唾液に濡《ぬ》れた唇を指で拭われながら、陽彦はぽかんとした。

「は？　なに言ってんの？　さっきのなら違うから！　酒でつぶされて襲われそうになっただけだから！」

「そのとおり。私が行かなければ、まんまと食われていたな。まったく油断も隙もない」

言いながら、阿修羅の手が陽彦の胸をまさぐる。キスですっかりその気になっていたそこは、ワイシャツの上からも存在を主張していて、阿修羅の指に派手に反応した。

「あっ、あっ……俺が悪いのかよ？　そっちこそ、さっさと助けに来ればいいだろ。ボーイのコスプレなんかしてないで！」

「危機一髪のところに飛び込むのが、ヒーローというものだ」

「なに言ってんだ！　戦隊ものか！」

あれよあれよという間に裸に剝かれる。すでに着衣は乱れていたが、実際に手を使って脱がせたのではないと思う。その陽彦の両腕を、ふだんの扮装に戻った阿修羅が摑んだ。背後でひとまとめにされて、柔らかな布で縛られる。阿修羅がいつも襷のように斜めにかけている条帛だ。外せるのか、と今さらながら思う。

「ちょ、阿修羅……？」

「お仕置きだ」

「はあっ？　冗談じゃゃ——解けよ！」

「まあ待て。案外気に入ると思うぞ？　もう二度と他の奴にふらついたりしないように、私の虜《とりこ》にしてやる」

いや、もうそんな感じなんだけど……。

だってそうだろう。相手は仏像に宿った神さまで、行動も思考もただの人間の陽彦には未だに理解できない部分がある。

それでも阿修羅がいいと思ってしまうのだ。一日会えないとイライラが募って、二日目には怒りと悲しみが交互に押し寄せて、三日目からは落ち込みまくりだ。こんなに誰かを好きになったことなどない。離れるなんてもう考えられない。この状態を、虜といわずしてなんという？

「陽彦……愛しい……」

胸元で囁かれ、乳首ばかりかペニスまで疼いた。

「……き、『気に入った』からランクアップしたんだ？　あ、あっ……」

ペニスの先端を擽られ、陽彦は腰を揺らして喘ぐ。縛られた手の上に乗っている分、まるでもっと弄ってくれと突き出してねだっているようだ。

「いちばんふさわしいと思う言葉を口にしているだけだ。愛しくて可愛くて……旨そうだ」

乳首に吸いつかれ、舌でぐりぐりと擦られ、気持ちよくてたまらない。阿修羅に触れられるまで、自分の乳首などあることを気にかけもしなかったのに。

「あっ、いいっ……もっと……もっと、食べて……っ……」

歯を立てられた瞬間、ペニスに射精の脈動が走った。しかし阿修羅の指がそれを阻む。絶頂を感じながらも解放されず、陽彦は嬌声を上げながら腰を振りまくった。

「あぁっ、やだっ……いく、いくってば！　いきたい！　阿修羅っ……」

「他愛もない。もう少し耐えろ」

すげなく言い返した阿修羅になおも乳首を嬲《なぶ》られ、陽彦は官能に振り回されて身悶えた。

乳首だけで何回もいったような気がする……。

しかし実際には射精を止められているせいか、回を追うごとに絶頂感が上乗せされていく。頭の芯が焼き切れそうな悦びが、もはや苦しい。これがお仕置きというやつか。

「……も、マジいかせて……」

息も絶え絶えに訴えると、阿修羅はゆっくりと身体を下げて、陽彦のペニスを舐め上げた。

「ひっ……」

するりとなにかが解ける。思わず目を向けると、紐のようになった腕釧がするすると陽彦の腰を這い、阿修羅の手首に戻っていった。

うわあ……。さすが神さま。ていうか、腕釧で縛ってたのか。

「今日は全部飲み干してやる」

阿修羅の口に含まれて軽く吸われただけで、ペニスが激しく脈打って精液が溢れ出す。何度も止められていたのを差し引いてもありえない量が溢れ出て、長々と射精の快感が続く。陽彦は跳ねるように全身を震わせながら快感に浸っていたが、途中から無理やり吸い出される感覚になり、またしても気持ちいいのに苦しいという状態に陥った。

「……無理……っ、阿修羅、もう無理……出ない……あ、あっ……」

精液だけでなく生気まで吸い尽くされていくようで、身体に力が入らない。

「まだ中に残っている」

ず……、と先端の孔を広げられる感覚があり、中が熱くなってくる。

「な、なにっ……？　なんか入って――ひいっ……」

絶対になにか潜り込んでいる、尿道の中に。しかし、なにが入るというのだろう。感触としては後孔に舌を入れられたときに近いが、いくらなんでもそれはありえない。物理的に無理があるし、そこまで押し広げられている感覚もない。

……いや、阿修羅のことだから、またなにか手持ちの道具とか？　ていうか、咥えてる……よな？

正体はともかく、細くぬめぬめしたものに擦られる感触は悪くなかった。得体が知れないのが引っかかるが、むしろ快感だった。ペニスを内と外から刺激されるという初めての行為に、陽彦は腰を浮かしてよがった。ふと阿修羅の唇が離れたときには、もの足りなさに鼻を鳴らしてしまったほどだ。

「さあ、精は吸い尽くした」

顔を上げた阿修羅は、まんざらでもなさそうに目を細めて口元を拭う。いかにもその言葉を肯定するように、陽彦のペニスは萎《な》えて下腹に横たわっている。しかし依然として身体は愛撫を求めて疼き続けていた。

「……えっと、今なんか入れてたよな……？」

「ああ、舌だ」

あっさりと答えた阿修羅に、陽彦は目を瞠る。

「うっそ！」

「嘘ではない」

阿修羅の口から覗いたのは、蛇のように細く長い舌だった。しかし一瞬で、すぐにふつうの舌に変わる。

「うわーっ、うわーっ！」

さすがに後ずさって逃げようとした陽彦だったが、足首を掴まれて俯せにされた。なおも這いずろうとすると腰を引かれ、阿修羅に向かって尻を突き出す体勢になる。

「いやっ、さすがにそれはない！」

「よかったくせに」

「見たらだめだった！」

「では、もう一度試してみるか」

尻のあわいを広げられたかと思うと、中心ににゅるにゅるとなにかが押しつけられた。いや、なにかというか、アレだ。蛇バージョンだかトカゲバージョンだかの舌だ。

「ひいいいっ、あっ……あ、あ……」

気持ち悪いのに気持ちいい。いや、気持ちいい。阿修羅の魔法だか神業だかで、陽彦の後孔はセックス時に自ら濡れるようになってしまっているので、その辺りで軽く戯れた舌は、するりと中に侵入してきた。

「あう、う……」

尿道に入れられたときとも太さが違うようだ。指とほぼ同じくらいに感じるが、関節がなくてしなやかに動き、しかも長い。世の中には似たような形状の生き物が存在する分、どうしてもそれが脳裏に浮かんでぞっとするのだが、感触がたまらなくいい。

「ああっ、あん、んっ……」

萎えたままのペニスが揺れ、そこから粘ついた液が糸を引いてしたたる。阿修羅の手で揉みくちゃにされ、ますます快感が深まっていく。

けど……足りない……。

愉しむ分にはいいけれど、もう充分だ。いや、足りない。阿修羅が欲しい。あの力強いもので、裂けよとばかりに貫いて、思いきり突きまくってほしい。

「……あしゅ、阿修羅……っ……、も、いいからっ……入れて……っ……」

「まだまだだろう」

いったん舌を引き抜いて、また差し入れようとした阿修羅を、陽彦は振り返って懇願した。

「阿修羅ぁ……おまえがいい……」

阿修羅は目を瞠り、次の瞬間片膝を立てて裳を捲り上げた。隆として天を突く怒張が現れ、それを目にした陽彦は、自分の後孔がはしたなく喘ぐのを感じた。

「まったく……たいした奴だ。私をこんなに夢中にさせて」

ぐっと引き寄せられた腰に、ものすごい圧迫感を伴って阿修羅のものが突き進んでくる。陽彦は悦びの声を上げながら、それを根元まで受け入れた。

「ああっ、いい！　気持ちいい！」

脳天に響くような振動に揺さぶられ、たちまち絶頂に導かれる。しかし萎えたままのペニスからはすでに出すものがなく、代わりに肉筒が歓喜に波打った。

「くっ……」

阿修羅の低い呻《うめ》きとともに、震える内壁に熱い飛沫が降りかかるのを感じた。そこから力が漲ってくる。まるで乾いた土に水が染み込むように、生き返った心地がする。

「阿修羅……っ……ああっ……」

後ろ手に縛られた身体がもどかしい。抱きしめたい。くちづけたい。必死に身体を捩ると、阿修羅はそれに気づいたのか、深々と身体を繋げたまま、陽彦の片脚を持ち上げて反転させた。

「ああっ……」

いいところを擦られたような気もするし、肉筒全体が感じていて、どうされても気持ちいいともいえる。阿修羅の精を注がれたせいか萌《きざ》し始めたペニスは、依然として粘ついた蜜を溢れさせ、怒張を抜き差しされる後孔も恥ずかしいほど潤って、抽挿のたびに水音が響いた。

セックスはいい。極上だ。

けれど、それだけではないのだと思う。傲慢《ごうまん》に見える神さまの、ドメスティックな献身ぶりも楽しいし、意外によく見てくれていることも嬉しい。阿修羅なりに陽彦の体調を気にしてくれるのも、大切に思ってくれているからこそだろう。

いつしか陽彦も、そんな阿修羅を好きになっていた。神さまだろうとなんだろうと、関係ない。一緒にいたい。もう離れるなんて考えられない。

「……好きっ……」

そう口にしたとたん、腕がふっと軽くなった。手首を縛《いまし》めていた条帛が消えている。陽彦は自由になった両手で阿修羅の首にしがみついた。しっかりと逞《たくま》しい身体を抱きしめられることが、こんなにも嬉しい。

「好きだ。愛してる……」

阿修羅の動きが止まり、後孔に熱い迸《ほとばし》りを感じた。その感覚に、陽彦も不意打ちの絶頂を味わう。

「あ、あっ……」

「愛してる、か……気に入った。私もおまえを愛してるぞ」

再び阿修羅が動き出す。極めたばかりの身体がさらに高みへと引き上げられて、陽彦は極楽浄土へと浮遊した。


陽彦が阿修羅像を見つめて涙する映像は、その後もたびたび放映されただけでなく、インターネットの動画サイトにもアップされて、驚きの再生回数をカウントした。

『大仏像展』入場者の間では、同じような構図で自分のお気に入りの仏像の前で涙を流し、その動画や写真を見せるという遊びも流行った。

陽彦はそんな話題を耳にしながらも、あえて目に触れないようにしていたのだが、わざわざ局宛てに画像を添付したメールが送られてくる。それが無視できない数に上っていた。

その結果、特番の中に急遽《きゅうきょ》コーナーが設けられることになった。曰く、『あなたはどの仏像で泣きましたか？』。

「……ワルノリだろ」

画像を選別する打ち合わせの席で、陽彦は呟く。もともとバラエティのイメージが強いＴＸテレビらしいといえばそうなのだが、特番は一応ドキュメンタリー寄りの構成になっていたはずなのに。

「なに言ってんの、高倉ちゃん。ちょっとした社会現象だよ。しかも視聴者のほうから盛り上げてくれてんだから、我々もそれに応えなきゃでしょ」

「そうそう。ああ、心配しなくても、本家を超える画像はないから。いやあ、ナベもよく撮ったね。カメラマンの鏡だね！」

「年末のベストショット大賞狙《ねら》ってます」

話題のものにはとことん乗っかろうというのは、制作側としてある意味正しい姿勢なのだろうが、まさか自分がその中心になるなんて予想もしていなかった陽彦としては、今ひとつ乗りきれない。

たしかに世間の認知度は高まった。『大仏像展』そのものも、開催二週目にして早くも入場予想数の三割を突破したという。夏休みの旅行先として、関西方面の申し込みが駆け込みで増えたというし、暑いこの時期にしては京都駅を利用する観光客が多いとも聞く。

展覧会が好調なのはいい。特番で関わった陽彦としても喜ばしい。そしてその認知度は、陽彦自身にも及んでいるのだが――。

「阿修羅を見て泣く人をもっとテレビに出してください、だってさ」

プリントアウトされたメールではなく、暑中見舞いの葉書をつまみ上げて、ディレクターが笑った。葉書には、ひらがなが多い鉛筆書きでたしかにそう書かれている。阿修羅像らしき三面六臂の物体と、顔に水色の玉を張りつけてマイクを持った男の絵も添えられていた。

陽彦はぎこちなく笑い返すしかない。

そう、陽彦の存在も老若男女問わずに知られるようになったのだが、それがアナウンサーだということまでは今ひとつ浸透していないようだ。芸能人だと思っている人も多いようだし、名前に至ってはさらに認知度が下がり、たいてい「阿修羅を見て泣く人」と言われる。

阿修羅はちゃんと阿修羅って呼ばれるんだよな……。

何百年も前から存在する仏像だし国宝でもあるのだから、有名なのは当たり前で、張り合うほうが間違っているのかもしれないが、ちょっと悔しい。

「あたしはこの十枚を推します」

女性スタッフが手早く候補写真を長机に広げた。どれも構図がオリジナルによく似ている。

「あー、うーん、悪くないけど、まとまりすぎじゃね？　もっとオリジナリティも欲しいっていうか、笑いが取れるやつもないと」

「あと、阿修羅率高すぎでしょ。他の仏像も交ぜようぜ。ここで阿修羅並みのスターを生み出せば、展覧会の集客にも繋がるし」

「でも、送られてきてる半分近くが阿修羅なんですよ。ダントツ人気なのは疑いようがないじゃないですか。物販も阿修羅が飛び抜けて売れてるそうですし」

それは陽彦も感じていた。モノマネ画像の数や物販の販売データなどでなく、その後も何度かこっそり覗きに行った現場の空気で実感していた。

阿修羅像の場所は常に人だかりがあったし、観覧客も多くがじっと見入っていた。明らかに話題だから話の種に見に来たような客でも、初めは興奮に声を上げていても、次第に惹さつけられたように見つめているのだ。

そんな客の姿に、陽彦は誇らしい気持ちになる一方で、全員を阿修羅像の前から追い払いたい衝動に駆られる。認められ、称賛されるのは嬉しいけれど、阿修羅は陽彦のものだ。

……嫉妬ってやつだよな。不覚……この俺がそんな感情に振り回されるなんて……。

阿修羅像を見て涙を流したこともそうだけれど、こと阿修羅に関しては、自分はとことんただの恋する男だ。

しかしそんな陽彦の言動が、阿修羅には嬉しいらしい。そして可愛いという。

……まあ、嫌がられるよりは全然いいんだけど。

相思相愛と認め合って以来、嫉妬もそうだが、それよりずっと陽彦を悩ませるようになったのが、阿修羅が神さまで自分がただの人間だということだった。

いや、そんなことは初めから承知で、だからこそ自分たちがどうにかなるなんてありえないと思っていたのだが、どうにかなってしまった以上は、やはりそれを考えずにいられない。

そのきっかけとなったのは、互いの想いを確かめ合って数日後だった。陽彦は『デイズ4』のMCに抜擢されたことを阿修羅に報告し、ついでに将来の展望について、ひとくさり語ったのだったが——。

俺の語れる人生って、せいぜいこれから五十年ちょっとじゃないか。

人間なのだから、そんなものだ。それが当たり前だ。

しかし阿修羅は神さまで、すでに四ケタを生きている。いや、それすらも人間がその存在を意識してからの計算で、一説によれば勝手に設定した寿命は五千歳。しかもその一日は、人間の時間の五百年に相当するという。

つまり阿修羅の一日の数時間分しか、陽彦は存在できないということになる。

あまりにも途方もない差があって、落胆や消沈するよりも呆然としてしまった。それでもよくよく考えるうちに、気落ちするのは止められなかった。

何百年も生きたいわけではない。そもそもただの人間がそんなに生きたら、周囲が恐れる。人体だって細胞に限界があるだろうし、それを押して生き長らえたりしたら、それこそゾンビ的な外見になってしまう可能性もある。周囲はパニックだ。いや、周囲はどうでも、阿修羅にそんな姿は見せたくない。

しかし死んでしまったら、阿修羅を残すことになる。神さまの存在こそ阿修羅に出会って認めたけれど、死後の世界とか霊魂なんてものは信じていない。肉体も意識も消えてしまうのは納得しているが、阿修羅を置いていくのが未練だ。

ある意味、すごいエゴだよな……。

そう思うのだけれど、感情が納得しないというか。阿修羅が別の誰かを見初《みそ》めるのではないかなんて考え出すとたまらなくなるし、万が一にも陽彦の消失を阿修羅が嘆いたりしたら、それこそどうしたらいいのか。死んでも死にきれないなんて言葉があるが、これまではなにを言っているのだろう、死んだらそれまでではないか、悔やんだところでどうにもならないと思っていたが、それはこういう気持ちのことかと合点がいった。


解決策のない悩みにはまってしまって、晴れて蜜月を迎えたというのに鬱々とした気分で、次に京都で再会したとき、阿修羅はすぐに陽彦の異変を見抜いた。

阿修羅に言ってもどうにもならないことだ。いや、阿修羅の力なら、人間ひとりの寿命を延ばすことぐらい容易《たやす》いのかもしれないが、前にも言ったように陽彦は長生きがしたいわけではない。せいぜい百年を生きる人間と、生死など超越したにも等しい存在に分かたれてしまっていることが問題だ。

なんでもないと首を振った陽彦を、阿修羅は抱きしめて揶揄うように囁いた。

『答えないなら、無理やり頭の中を覗くぞ。おまえの恥ずかしい妄想も全部筒抜けだ』

一瞬ぎょっとしたものの、恥ずかしい妄想なんてしていない。阿修羅が陽彦に仕掛けてくることのほうが、よほど想像外で破廉恥だ。

『べつに妄想なんかしてないし！』

『そうか。では、あれだな。身体に訊いてやる、というやつを試してみようか』

そんなエロ小説みたいな台詞を日常で聞くとは思わず、いっとき悩みも忘れて呆れていた陽彦だったが、実際阿修羅に押し倒されて、喘がされる羽目になった。神さまには敵《かな》わない。

そこでもまた自分との違いを思い知らされることになり、喘ぎながら嘆くという、それこそ呼吸困難に陥りそうになった陽彦を、阿修羅は攻撃の手を止めて優しく抱きしめた。

『勘弁してくれ……おまえを苦しめるなど本意ではないのだ。しかし隠し事はしてほしくない』

ある意味絶妙な飴《あめ》と鞭《むち》に、陽彦の口が緩んだ。優しくされて、ますます阿修羅を失いたくないと思ったのもあるかもしれない。

『おまえと離れたくないっ……』

その言葉は阿修羅も予想外だったらしく、つかの間絶句していた。やがてそっと陽彦の頬に触れ、顔を覗き込んできた。

『誰が離れるものか。おまえが逃げようとしても放す気はない』

強くきっぱりと、それでいて胸に染み込んでくるような声音で言われて、陽彦の胸は嬉しさと悲しみに震えた。

『……でも、俺は死ぬから……そうしたらおまえはひとりだ。別の誰かを好きになるかもしれないし……寂しくいるのかもしれない。それが嫌だ。俺がそばにいないおまえなんて嫌だ。いっそ俺が死んだら、おまえも消えてしまえばいいっ……』

なんて言い草だと、我ながら思った。相手に対する思いやりの欠片もない。それも、誰よりも好きな相手に対して。死ぬ以前に愛想を尽かされてしまうのではないか。

しかし阿修羅は、陽彦の鼻先にキスをした。

『おまえは私を置いていくつもりなのか？』

陽彦は涙で重くなった睫毛《まつげ》を上げる。

『置いていきたくないっ……でも、いつかは死ぬ。消えてしまう……けど、おまえは神さまだから――』

『おまえが死んだら私も消える。言われるまでもない』

『え……――』

阿修羅は当たり前のように頷いた。

『おまえがいなければ、この世界にとどまる意味もない。かといって、他の六道に興味もなし。おまえと同じように、私もおまえがいなくなるなら存在する気はない』

『……でも、おまえは神さまだろ。いなくなったりしたら、世の中の一大事じゃないか』

驚きのあまりおかしな返しになったが、そもそもそのくらいありえないことだと思うのだ。阿修羅は陽彦の恋人ではあるけれど、世界規模の神さまで、いうなれば公人だ。スケールは小さくなるけれど、たとえば大人気のアイドルがプライベートよりもアイドルとしての自分を重視するように、阿修羅も神さまを信じる民草《たみくさ》を裏切れないのではないか。

それ以前に、消えるなんてことができると思えない。生死を超越したところにいるのが神さまだろう。

——というようなことを、陽彦はしどろもどろになりながら言い返した。アナウンサーにあるまじき不明瞭さだったが、阿修羅は辛抱強くそれを聞いてから、軽く笑った。

『私がこんなふうに存在していることなど、この世で何人が知っていると思う？　おまえ以外はせいぜい寺の坊主数人だ。なんの影響があるものか。ほとんどの人間は偶像を見て拝んで、それで満足している。大勢に影響はない。ましてや私は、人間を救う使命を帯びた如来や菩薩でもないしな』

自信たっぷりの口調で言われると、そういうものだろうかと思ってしまう。自分の死と同時に阿修羅も消してしまうなんて、なんて大それたことだと思いもするが、そんな阿修羅の言葉を聞いて嬉しくないわけでは決してないのだ。

『……本当に？』

『嘘などつかない』

死んでしまったらそれも確かめようがないけれど、阿修羅がそう言うのだから、陽彦も信じておけばいいのだろう。それよりも今は、生きている間は、阿修羅との生活を満喫することだ。

なにより阿修羅の意思を知って、気持ちがずっと軽くなっていた。愛しい相手が、同じように自分のことを想ってくれていると感じられて、陽彦は阿修羅を抱きしめた——。

「高倉ちゃんはどうよ？　どれを選ぶ？」

我に返った陽彦は、長机の上を見回してから首を振った。

「どれでも。制作側で選んでください」

「コーナーでコメントしなきゃならないんだよ？　言いやすいやつのほうがいいだろ」

「だいじょうぶですよ」

陽彦は自信たっぷりに微笑んでみせた。

「どれも本家には敵いませんね、って言いますから」


名古屋駅で新幹線を降りた陽彦は足早に改札を出て、駅前のホテルを目指した。変装まではいかないが、一応伊達《だて》眼鏡をかけて、キャップを目深に被っている。局を出る前にスーツを着替えたので、服装もカジュアルだ。

『大仏像展』は好評のままに会期後半に入った。期間ごとに展示品の入れ替えがある予定だったが、阿修羅像は三か月間フル出展になった。陽彦が阿修羅像を見上げて涙を流す映像が、ニュースや特番以外でも流されたためか、阿修羅像を実際に見たいという要望が押し寄せたらしい。

陽彦のほうも『大仏像展』絡みでたびたび京都を訪れる機会が増えたが、不規則な仕事と距離のせいで、なかなか阿修羅とプライベートを過ごすことができない。

月に何度か、交通機関が動いている時間に仕事が上がり、翌日は休みもしくは午後出勤のときに、こうして名古屋で阿修羅と落ち合っている。

最初は陽彦が京都まで行くと言った。新幹線に乗ってしまえば、名古屋も京都も大差ない。しかし阿修羅は、生身の陽彦に少しでも負担をかけまいとしてか、自分も動けるところまで出向いてくれる。

それは嬉しいんだけどさ……。

煌々《こうこう》と明るいホテルのエントランスの前に阿修羅の姿を見つけた陽彦は、横断歩道を挟んで立ち止まった。

長身ロン毛の男が、ざっくりしたサマーニットと麻のベスト、レザーパンツという出で立ちで、モデルのような雰囲気を醸《かも》し出しつつガラスの壁にもたれている。ソフトハットと夜なのにサングラスというのが決定打で、芸能人張りのオーラを漂わせ、当然のように通行人の視線を集めていた。

その変装に意味はあるのか……？

いや、あるのだろう。本来の格好だったら大騒ぎだ。それでも阿修羅像の中身とは思われないだろうが、不審人物として連行されるのは確定だ。

阿修羅は陽彦に向かって手を上げ、指先を小さく振る。口端を上げた笑みといい、憎らしいほどにカッコいい。悪目立ちしているが。

「なんだって外で待ってんだよ。部屋に入ってりゃいいだろ。それにその格好……目立ちすぎだ」

横断歩道を渡った陽彦は、阿修羅を軽く睨んだ。

「着心地は悪くないぞ。それに通行人が見惚れていた」

「昼間、さんざん見られてんだろ。まだ足りないのかよ」

実際そうなのではないかと踏んでいる。こうして目立つ場所で陽彦を待っているのも、毎回服にこだわるのも、単に衆目を浴びたいのではないか。

「まあまあ。こうして外出を楽しむのも恋仲の醍醐味《だいごみ》だろう。食事は済んだのか？　飲みに行くか？　近くに雰囲気のいいバーがあるらしい」

雰囲気のいいバーだって。神さまの台詞か。

思わず口元を緩めると、阿修羅は陽彦の背中に手を添えた。

「やっと笑ったな。おまえの笑顔を見られると嬉しい」

……うん、ふつうの恋人同士みたいなことも体験させてやろうって、思ってんだよな。

どこかずれたところもあるけれど、その阿修羅が好きなのだからしかたない。

陽彦は促されるままに、夜の街を歩き出した。


そんなふたりの姿が「密会」と称してスクープされたのは、後日の話。

END

# 恋は山あり谷あり

CROSS NOVELS

鬱蒼と茂った木立が道の両脇から覆い被さり、さながら新緑のトンネルとなっていた。強い日差しを遮《さえぎ》るにはもってこいだが、こう長々と続くとどこを走っているのかさっぱりだ。

「……んー？」

実際に先ほどから永峯拓真《ながみねたくま》は戸惑っていた。ときおり木々の隙間から景色を見渡したが、なにしろ初めて訪れた山のことで、目印になるものもなければ見当もつかない。

つまり——認めたくはないが、道に迷ったということなのだろう。

しかたなく左端に車を寄せて停止する。路肩なんて洒落《しやれ》たものはない。それ以前にアスファルト敷きでさえない。走行中もたびたび砂利が車のボディに跳ね返っていた。

ほとんど人通りもない道だから、停めていてもじゃまにはなるまい。どうにか対向車と擦れ違える程度の道幅もある。

「えぇっと……熊穴峠《くまあなとうげ》、熊穴峠……」

助手席のシートから地図を拾い上げ、ルートを確認する。いい加減カーナビを装備したほうがいいのだろうが、あれはあれで鬱陶しい。

「おっかしいなー。さっきのが六本木《ろつぽんぎ》集落だろ？　もうとっくに着いていていいはず……」

大都会と同じ地名の集落は、実に八戸きりという寂れ方だった。そこから続くのが熊穴峠とは、こちらは本当に熊が出てきそうだ。

永峯はフリーのルポライターをしている。ジャンルは旅。しかし世間的な観光地とは縁がなく、一風変わった秘境巡り気分を味わいたい旅人向けに記事を書き、それを雑誌に掲載してもらう。

今回は山梨《やまなし》山中のドライブコースを探していた。あえてガイド本に載っているような名所やルートは避け、色濃く残る自然を楽しむのがテーマだ。

「うーん……」

永峯は地図を睨んで唸った。やはりどこかで道を間違ったらしい。ほぼ山越えの一本道だとばかり思っていたが、脇道にでも逸れてしまったか。

まあ、この道も趣があって悪くないが、そもそも地図上のどれに該当するのかがわからないので、記事にしようもない。

永峯は煙草を咥えると、窓を開けて火をつけた。梢《こずえ》の中で小鳥のさえずりが響いている。

このまま進むより、引き返すべきか？

交通量はないから、これだけの道幅でも切り返しを続ければUターンは可能だろう。とにかく一服してからにしようとシートを倒すと、砂利道をものすごい速さで近づいてくるエンジン音が聞こえた。

ん？　道を訊いてみるか？

そう思って身を起こしたが、ぐんぐん迫ってくる影が改造車だと気づいて顔をしかめた。しかも大音量のカーステがかなり立てている。

げっ、こんなとこにまで。

峠を攻める走り屋は昔からいたが、最近は雰囲気だけのお騒がせ車にも出くわす。関わり合うのも厄介だと身を低くしたが、いっこうに速度を落とそうとしない車にはらはらした。

前述のとおり道幅は狭い。互いに注意し合えばすれ違いは可能だろうが、永峯の車は古いRVでそれなりのガタイだ。一方接近してくるのは、国産高級セダンを思いきりシャコタンにしたもの。

「いや、待て！　その運転じゃ絶対擦る！」

思わず叫んだが、セダンは減速しない。濃いスモークガラス越しに、かろうじていくつもの顔が見えた。どいつもこいつも危機感などなく、げらげら笑っている。

衝突も覚悟して身構えた永峯の横を、セダンは腹に響くリズム音と叫声《きょうせい》を響かせてすり抜けていった。

「うわっ……」

風圧と、それに煽《あお》られた小石が車のボディに当たる音。一瞬目を閉じた永峯が前方を見たときには、カーブの向こうに影が消えていくところだった。

「……ったく、なんなんだよ」

あんな奴らが出没するようでは、とてもお勧めできない。とにかくさっさと引き返そうとエンジンをかけると、山中に衝突音がこだました。

「うえっ⁉」

考えるまでもなく、先の連中がぶつかったのだろう。しかし、なにに？　対向車でも来ていたのだろうか。間が悪いというか気の毒というか。

永峯はギアを入れて、慌てず車を進めた。このまま逆戻りすることも考えたが、まずは状況を確認することにした。あの連中が立ち往生していようとかまいはしないが、相手がいたら気の毒だ。

けが人がいないかどうかも気になる。

しかしカーブを曲がって前方を見ると、件のセダンが勢いよく走り出すところだった。他に車の姿はない。

自爆か？

木に衝突でもしたのか。かなりの音がしたように思ったが、走れるということはそうでもなかったのだろうか。

どうせなので衝突現場を確かめてから引き返そうと、さらにゆっくり進んだ。万が一ということもある。ぶつかった相手が人だったりしたら――。

「うっ……？」

道の端に、ひらひら揺れる赤い布をまとった黒っぽいものが見えた。

な、なんだ⁉　タヌキ？　まさか、熊⁉

緊張に見舞われてそろそろと進むと、ようやくそれが倒れた地蔵だと判明した。永峯は大きく安堵の息をついて車を停める。先刻のセダンが石の地蔵にぶつかって、倒していったのだろう。

「ひでえことしやがるな」

車を降りて地蔵に歩み寄り、辺りを見回す。草に隠れるようにして、台座らしき丸い石があった。ぼんやりと浮き出たようなトラの彫刻があるが、ヒビが入っている。

地蔵は高さ五十センチほどで、幸い欠けたり割れたりはしていないようだ。ずいぶんと古いものなのか、雨風に晒《さら》されて造作はぼんやりしているが、ちんまりと整った愛らしい顔をしている。

「よっ、と……」

永峯は地蔵を抱えて台座へ運び、ぐらつきを押さえるために、足下の隙間に小石をいくつか噛ませた。

「災難だったな。あーあ、破けちゃって……」

もともと古いもののようだが、赤い涎掛けはぼろぼろに擦り切れて、紐も千切れてしまっていた。

「……あ、ちょっと待ってろよ」

地蔵に声をかけて車に引き返した永峯は、グローブボックスからビニールに入ったバンダナを取り出した。飲み物を買ったときについてきたキャンペーングッズだった。そのまま放置してあったのだが、思わぬところで利用するチャンスができた。

バンダナを三角に折って、地蔵の首に巻いてやる。ペイズリー柄だが一応赤だし、応急処置としては充分だろう。そのうち地元民が新調してくれることを願う。

「そんじゃまあ、気をつけて。ついでにあいつらに仕返ししてくれてもいいから」

地蔵の頭をポンポンと叩いて、永峯は車に引き返した。切り返して来た道へと車を走らせる。しかし、数百メートルも進まないうちに、エンジンが止まってしまった。


まいったなー……。

永峯は短くなった煙草を灰皿に押しつぶし、携帯のボタンをもう一度押した。やはり電波が届かない。

山中をうろついていれば、こんなことはよくある。携帯電話の普及につれて、電波状況もめまぐるしい速度でよくなっているが、取り残されている地域はあるものなのだ。それでもちょっとした加減で好転したりするので、何度か試みているのだが今のところ全敗だ。

車のほうもお手上げだった。それなりに詳しいつもりでいたが、どこか悪いのかまったくわからない。というよりも、悪いところが見つからない。いや、エンジンがかからないのでわからないともいえるが、それならそれで原因もある程度特定できるはずだ。ボンネットを開けてひととおり見ても、不調部分が見つけられない。

すでに辺りは夕闇が迫っていた。

念のために、車を押して草地に突っ込むまではしておいた。さっきのように、ばかな連中が疾走してこないとも限らない。暗くなってからは大事だ。

あれきり妙な手合いがやってこないのは幸いだが、他に一台の車も通らないのには閉口している。携帯があてにできない今は、偶然の邂逅《かいこう》だけが頼りだというのに。人も通らないし、タヌキも出てきやしない。

マジか。マジでこのまま野宿なのか。

永峯はげんなりして、倒したシートにひっくり返った。

仕事柄、車中泊には慣れている。キャンピングカー用の取材をしたりもするので、二、三泊のスケジュールなら宿を取らずにやってしまう。永峯の車なら、なんとか寝泊りも可能だ。

しかし、そのときにはそれなりの準備をしている。飲食物も積んでいるし、着替えやタオル、毛布なども用意しておく。それ以前に、ちゃんとキャンプ用の場所に車を停める。

できなくはないが、ひどく不便だろうなという予感はあった。まず空腹だ。今ごろはアパートに戻ってひと風呂浴び、ビールを飲んでいるころだと思うと、こんなところですきっ腹を抱えているのがひどく惨《みじ》めな気分になってくる。

「なんかなかったっけ？」

ひとりごちながらリアシートに手を伸ばし、コンビニのビニール袋を探った。すっかり常温に戻ったミネラルウォーターのボトルが一本、煙草の予備がひと箱、それきりだ。

最悪の事態を考えれば、水だって無駄づかいできないわけで、永峯は唸って煙草を手にし、これも節約かと放り投げた。

ああもう、寝ちまうかな。

そう思ってシートに横たわったとき、窓ガラスを叩く音がした。

「ん……？」

振り向いた永峯はぎょっとする。運転席側の窓にへばりつくようにして覗き込む顔があった。一瞬お化けの類かと思ったが、顔は永峯に笑いかけた。かなり薄暗くなっていて視界が悪いが、ふつうの人間だ。中高生ぐらいの男子で、制服っぽい白いシャツを着ている。

だからといって安全とも限らないのが現代社会だが、少年は見るからに純朴そうだし、体格的にも永峯が引けを取るとは思えなかった。なにより、諦めかけていた他人の登場だ。少年を見るうちに、安心感や人恋しさなんてものも湧いたようだ。

それでも念のために、まずは少しだけ車の窓を開けた。今どきパワーウインドウでもない古い車だが、こういうときは手動が幸いだ。

「なにしてるの？」

声変わりは済んでいるが、成人男性のものとも微妙に違う若々しい声。十五、六歳といったところか。

「車が動かなくなっちまってね。助けを呼ぼうにも電話も繋がらないし――あ、もしかして怪しんでた？」

警戒するのは相手も同様だと、今さら気づく。こんな人里離れた山中で見慣れない車が停まっていれば、様子を窺いたくもなるだろう。よからぬものを投棄する事件は、たびたびニュースで流れている。

通報されたりしたら大変だと、永峯は潔白を証明するべく窓を全開にして顔を突き出した。疚《やま》しいところはないから、じっくり見てもらえばいい。

「ええっと、俺は永峯拓真、三十歳。仕事はフリーライターで、旅行の記事とか書いてる。今日も、この辺のドライブコースを見て回ってたんだ」

シャツのポケットを探って、縁の折れた名刺を少年に差し出す。

「ふうん」

一瞥して興味なげにしまい込んだのは、暗くてろくに見えないからだろう。

「まいったよ。この辺、電波状況悪いな。あ、きみの携帯は？　かけてみてくれないか？　それか、近くなら家電貸してもらえたら――」

しかし少年は首を振った。それはどういう意味なのだろう。携帯を持っていないのか、家が遠いのか。それともやはり怪しまれているということか。

「……そっか」

無理強いをして騒ぎに繋がってもまずい。すでに野宿は覚悟していたから、このままひと晩明かせばいいだけだ。

それにしても近くに家などあっただろうか。六本木集落で見たきりのように思うが、ここまで数キロはある。自転車も近くにないようだし――。

「はい」

ふいに目の前に、竹の皮で包んだおにぎりが差し出された。海苔《のり》も巻かれていない、具が入っているのかも疑わしいような体裁のそれと少年の顔を、永峯は見比べた。

「あげる。食べて」

腹が盛大に鳴る。空腹だからこそシンプルな握り飯がやけに旨そうで、口中に唾が湧いた。

「……いや、きみのだろ」

「もう食べた。余ったやつだから。お腹減ってるでしょ」

素性のわからない相手から、しかも手製のおにぎりという、悪意があればなにを仕込まれているかわからないと頭をよぎったが、永峯はその可能性を却下した。そんなことはない、これは純粋に厚意だ。確たる証拠もなくそう思う。

「……ありがとう」

竹皮の包みを受け取ると、少年は車の中を覗く。くりくりとした黒目がちの瞳が、夜目にもきらきら輝いている。

「カッコいい車だね」

「え？　ああ、古いけどな。乗ってみるか？　動かないけど」

「うん！」

助手席側に回った少年はいそいそとシートに座り、インパネ《計器盤》やギア周りを興味深げに見つめる。

そんな少年を眺めながら、永峯はおにぎりにかぶりついた。濃いめの塩味が口中に染み渡っていく。旨い。

「近くの子？」

「うん、そう。あ、俺、大地《だいち》」

大地。今どきの名前だな。

「高校生？」

この年ごろは幼く見られるのを嫌がるだろうとそう尋ねたが、大地は曖昧に首を捻った。

おおっと、詮索しすぎか？　なにも含むところがないのに、警戒されたくないしな。

永峯はそれ以上問わずに、おにぎりを頬張る。梅干しが出てきた。自家製だろうか。肉厚で酸味が強い。加速して二個を平らげてしまった。

「ごちそうさん。いやあ、旨かった。今日はこのまま寝るしかないと思ってたから、ありがたかったよ。なにか礼をしなきゃならないな。でも、このとおりなにもなくて——失礼だけど……」

尻ポケットの財布に手を伸ばそうとした永峯は、急に眠気を覚えて倒したままのシートにひっくり返った。

え……？　え？　なに……？

まさかというかやはりというか、おにぎりになにか盛られていたのだろうか。しかし情緒もなにもない、この急激な効き目はどうなのだろう。しかも意識はぼんやりしているものの、身体のほうがまったくいうことを聞かなくなっていた。

「お礼なら——」

大地の声が鼓膜を擽る。腰の辺りにもぞもぞと手が這う。

くっそー、騙された！

野宿を余儀なくされたところに、地元民から善意の差し入れなんて、そんなちょっといいエピソードがそうそう転がっているほど、現代社会は甘くなかったのだ。

人畜無害で素朴そうな少年は、握り飯に一服盛って、今や永峯の財布に手を伸ばそうとしている。この慣れたやり口といい、警戒を抱かせないさりげなさといい、一度や二度のことではないのだろう。

まさか……命まで取られる、なんてことはないよ、な……？

この辺で陰惨な事件があったなんて話は聞いたことがないが、発見されていないだけなのだろうか。

最後に食ったのが睡眠薬入りの握り飯なんて……。

それをありがたがってぱくついたなんて、情けないやら悔しいやら。せめて一発くらい殴りたいと、必死に拳を振り上げようとした永峯は、デニムの前を開かれてぎょっとした。

「……な、なにっ……？」

いや、財布は尻ポケットだから、と言うより先に、大地は永峯の下着を引き下ろし、中身を掴み出した。

「ええええっ!? 嘘だろ、おまえなにを——うっ……」

シートに仰向けになった永峯の股間に、大地は覆い被さるようにしてペニスを擦り立てている。

強盗じゃなかったのか!? 強姦魔!? 男が男に!? しかも十代男子が三十路《みそじ》男に!?

財布を狙われていると思ったときよりもよほど衝撃が大きくて、頭の中がぐわんぐわんしている。

「うわあ、おっきい……」

嬉しそうな声が聞こえて、どうにか視線だけを向けると、大地は至近距離から永峯のペニスを凝視してうっとりとしていた。

そんなふうに見るもんじゃありません！ ていうか、なんで俺勃ってんの!?

それは当年とって三十歳だから、まだまだ精力も衰えていないが、こんなありえない状況で一方的に少年に擦られて勃起するなんてアリなのか。

大地だけでなく自分自身にも裏切られたような思いでいると、少年強姦魔はあんぐりと口を開けて、ピンク色の舌を伸ばした。

「や、やめろ――あ、あっ……」

……き、気持ちいい……。

尾骨から背筋へと、甘い痺れが広がっていく。なんという甘美さ。

永峯もいい歳をした男だから、それなりに経験は積んでいる。さすがに同性を相手にしたことはないが。

男の快楽をわかっているのは男、なんて台詞は聞いたことがあるけれど、それはゲイの主張だと思っていた。しかし一理あるのかもしれない。ただ、その快楽をもたらしているのが、ここ最近精通を迎えたばかりくらいの少年なのがどうなのかという話だ。

そんな永峯の心中をよそに、大地は遠慮の欠片もないディープスロートを続けている。

身長は、百八十センチの永峯よりも拳ふたつ分は低いだろう。ウエイトは二十キロ近く違うはずで、つまりすべてが小さい。頭も片手で掴めそうだ。

その小さな口で咥えられているものだから、つい永峯のほうも見入ってしまう。いや、動けるならとうに跳ね返している。拒みようがないのだから、状況を見守るくらいしかないではないか。

……巧すぎないか。慣れてるっていうか……。

遭難した男を見つけては、薬入りの握り飯でつぶし、食い放題――ある意味都市伝説よりも恐ろしい。だが気持ちいい。

人間、どうにも手の施しようがないと、また、避けきれない状況に見舞われると、案外素直に諦めてしまうものらしい。痛いとか苦しいとかなら身体が本能的に逃げを打つのだろうが、むしろ快感なので拒否感も失せる。

あーあ……。

ため息をついたのを境に、快感が一気に押し寄せてきた。セックスがご無沙汰だったせいもあってか、自分からも腰を揺すってしまう。

大地の舌づかいも激しくなり、そのまま一気に上りつめていった。


ぱちりと目を開くと、車の天井が見えた。一瞬自分がどこにいるのかわからず戸惑うが、窓の外が緑で覆われているのを見て思い出す。

ああ、そうだった。ロケに来てて、車が故障して――。

起き上がりかけた永峯は、回想の続きにはっとして辺りを見回す。とても妙でリアルな夢を見たのだ。どこからともなく現れた少年に、薬入りのおにぎりを食わされ、少年も別の意味で永峯を食う――という。

念のために衣服を改めたが、デニムはきちんと前が閉じていたし、中身も異変はないと思う。ついでに尻ポケットの財布も無事だ。

そうだよ、夢に決まってるじゃないか。夢、夢。

それにしてもなんて夢だろう。とんだアクシデントに見舞われて、気分が落ち着かなかったとはいえ、男にシャクられるのはナシだろう。

あー、帰りに風俗でも寄ってくかな。

そんなことを考えながらシートを戻そうとした永峯は、リアシートに転がった物体に目を留めて声を上げた。

ごはん粒がいくつかこびりついた、竹の皮――。

夢じゃなかった――っ！

反射的にステアリングに抱きついて、イグニションキーを回す。昨日あれだけ試してもうんともすんとも言わなかったが、無駄だとわかっていてもせずにいられない。

「あ、あれ……？」

しかし一発で聞き慣れたエンジン音が響き、振動を伝えてきた。

かかった？　なんで？

いや、なんでもなにも、そんなことはどうでもいい。車が動くなら逃げるだけだ。こんな場所からはさっさとずらかろう。

ギアをバックに入れて草むらから道へ出ようとしたとき、窓ガラスが叩かれた。にゅっと覗き込んでいるのは、あの少年――大地だ。

「ひぃいぃっ……！」

思わず足がクラッチを離れ、車はぷすんとエンストする。

おそらくまだ早朝、静かで爽《さわ》やかな山の朝に、小鳥のさえずりが長閑《のどか》すぎる。

どのくらいそうして見つめ合っていたのか、永峯は観念して窓を開けた。強姦魔との再会という一面、永峯もそれに乗ってしまったという弱みもある。考えたくはないが事が明るみになった場合、どう考えても客観的には立場を逆転されそうな虞《おそれ》もあった。まずいことに、永峯は名刺を渡してしまっている。

……まあ、しゃぶられただけで、他に被害があったわけでもないし……。

大地は非常に友好的だったし——ある意味友好的すぎたし——、危害は加えられていない。いや、一服盛られたのは危害か。しかし後遺症はないようだ。

「おはよ！」

大地は屈託のない笑顔を向けてきた。

「あ、ああ……」

ほんとにこいつにゆうべ、あんなことを……？

大地の小さめの唇に、つい見入ってしまう永峯だ。

「はい、これ。朝ごはん」

そう言って差し出されたのは、もはやトラウマになりそうな竹の皮で包まれたおはぎだった。いかにも田舎仕様というか、やたらでかい。しかし粒あんの皮がぴかぴかしていて旨そうだ。

「ああ、ありがと……」

反射的に受け取った永峯は、内心首を傾げた。

朝っぱらからおはぎって、どういうチョイスなんだ……？

なにか地元の祭りでもあるのだろうか。手にした感触は竹皮越しにも出来たてという感じで、やはり大地はこの辺りの住人のようだ。

しかし旨そうだろうとなんだろうと、口にするわけにはいかない。昨夜の二の舞は勘弁だ。

「あの、そうだ！　急いで帰らなきゃならないんだ！　車も動くみたいだし、あ、これ、後で食うな！」

「あ、うん……」

大地は残念そうな顔をしたものの、引き止めることもなく車から離れた。

うひい、やっぱ眠剤入りかよ？　まだやる気だったのかよ？

めちゃくちゃ気持ちよかった記憶はあるが、あれは半ば逃避みたいなものだった、と思う。この爽やかな山の朝、また大地にしゃぶられたいとは思わない。誰に見つからないとも限らないではないか。そんなことになったら、絶対に永峯が不利だ。

草と砂利を蹴散らすようにして道に出た永峯は、最後にバックミラーで大地を窺った。

「また来てねーっ！」

両手を振って飛び跳ねるさまは、とても昨夜あんな行為をした同一人物とは思えない。思えないからこそ、恐ろしい。

いや、もう来ねえよ。

永峯は正面を向いて、アクセルを踏み込んだ。

山梨から戻って数日後、永峯は鎌倉の古刹《こさつ》・相哲寺を訪れた。国宝の『虎模様腕釧《とらもようわんせん》の阿修羅像《あしゅら》』が有名だが、京都での展覧会に貸し出し中とのことで、参詣客はまばらだ。

こういった名所旧跡は永峯の受け持ちの範疇《はんちゅう》ではないが、ひょんな縁から取材することになった。件の阿修羅像、そしてもう一体、ヒンドゥー教のシヴァ神像を相哲寺は所蔵しているのだが、どちらも荒摂《こうせつ》という鎌倉時代の幻の仏師の作と言われている。

幻の仏師と言われているくらいだから、荒摂自身については謎が多く、その作品も記録はあっても現物が見当たらないものがいくつもある。

それが山梨のロケについて報告を入れた際、雑誌編集部の担当からある情報が入ったのだ。その山の中に、荒摂の手による仏像があるらしい――と。

国宝の作品があるくらいだから、同じ荒摂作であればとっくに噂になっていて、しかるべき調査もされているはずだと素人でも思う。だからガセネタなのだろうけれど、それはそれで記事にはなるのだ。

『そんな噂のある仏像です。真偽のほどは、実際にあなたの目で確かめてみては？』的な。

というわけで、相哲寺の住職・塙顕道《はなわけんどう》に取材を申し入れた。

「ようこそいらっしゃいました。ああ、これは当山の御守りです。どうぞお土産に」

いきなり手渡されたのは、手のひらに載るくらいのホワイトタイガーの人形だった。時代劇に出てくるネコのように、赤い紐を首に巻いている。

「あ……はあ、ありがとうございます」

なんか変わってんな。まあ、話しやすくていいけど。

さっそくですが、と永峯は山梨山中にあると噂されている荒掑の仏像について、情報を求めた。

「荒掑という仏師は、大そう変わり者だったと伝えられていましてな。山奥の庵でひとり制作に没頭し、その見事な作品の噂を聞きつけた時の権力者が、ひと目見て才能に惚れ込み、ようやくのことで後援者の地位を勝ち取ったとか。それが、後の遊佐《ゆさ》家の祖先だったそうで……鎌倉にやってくる以前は各地を放浪し、その先々で作品を作り上げては残していったと言われています。元は京都の仏師一門にいたという説もありますな」

たしかに変わっている。しかし権力に靡かないのは好ましい。しかも仏師としての才能はたしかだったからこそ、国宝指定された作品があるわけだ。

「未だにそうとは知られていない作品も残っているでしょうなあ。山中ということなら、地蔵尊かもしれません」

「地蔵……」

住職の言葉に、永峯ははっとした。もしかしたら、あの倒れた地蔵がそうだったのだろうか。あんな場所では、たしかにおいそれと目に留まらないことだろう。せいぜい信心深い地元民が世話をする程度だ。

写真の一枚も撮らなかったことが悔やまれるが、迷いながらとはいえ一度は行った場所だ。すぐにでも見つけられるだろう。

永峯は住職に礼を言って、意気揚々と相哲寺を後にした。

旅雑誌のルポなんて小さいネタでは済まなくなるかもしれない。一世一代の大スクープの可能性も出てきた。

「自分から近づこうとするとは、物好きなお人だ」

しかし背後から、そんな呟きが聞こえたような気がした。


雑誌編集部に一報を入れ、永峯は準備万端整えて、再び山梨山中を目指した。

もともと大まかなルートを決めて取材した場所である。ある程度資料も揃《そろ》っているし、二度目ということで気楽に考えていたのだが——。

どこだっけ……?

六本木集落は通り過ぎた。前回はそこから脇道に逸れたかして、地蔵のある場所に辿り着いたはずだ。相も変わらず鬱蒼と樹木が茂り、車も人も見かけない。

そうだよ。こんな場所で車が壊れたら、大事だよな。

過日は突然動かなくなった車にお手上げだったが、あれから念のために修理工場へ見せたところ、特に異変は見つからなかった。「古いけど問題ないですよ」と、高齢者の健康診断のような言葉をもらい、首を傾げた永峯だった。

おかげであんなことになったわけで……。

永峯の脳裏にもやっと残像が浮かぶ。いや、実は浮かばせるまでもなく、たびたび思い出していた。それはそうだろう。なんせ衝撃の体験だったのだ。

再びこの地を訪れることで、再会するかもしれないという懸念とも期待ともつかないものは、正直あった。逃げ帰っておきながらなにを、と思いもするが、気持ちよかったのは事実だ。

だからといって、さすがに繰り返すわけにはいかないと、それはわかっている。

でも気持ちよかった……。

なんてことを思いながら、永峯は助手席の地図を取ろうと、一瞬視線を落とした。直前、視界の端に影が横切ったような気がして、ドン、と車体が揺れる。

「うわあっ……！」

とっさに急ブレーキを踏んだが、確実になにかが当たった。

なにかっていうか……人……？

ステアリングを抱きしめるように握った永峯の額からどっと汗が吹き出し、心臓がバクバクと跳ねる。

いや、サルとかタヌキとか……ああでも、なんか服着てたような気がする……当たったよ。絶対ぶつかった……。

車高のせいで足回りは見えない。いつまでもこうしていてもしかたがないので、永峯は覚悟を決めてドアに手をかけた。そのとき、窓から顔が覗く。

「うわああっ！」

見知った顔、忘れようにも忘れられなかった大地が、満面の笑みで窓にへばりついている。

「永峯さん！」

「おっ……おまえ！」

永峯はドアを開けて車から飛び降りた。前日と同じ、白いシャツに黒のズボンという格好の大地の、頭のてっぺんから足の先まで目を走らせる。それだけでは足らず、両手で触りまくった。

「ちょ、擽ったい」

「だいじょうぶか⁉　けがは⁉」

「え？　なんともないよ」

「嘘だ！　ぶつかっただろ⁉」

しかし大地は両手両足を振り回してみせる。そのどこにもけがは見当たらず、大地が無理をしているようにも見えない。

「なんで……絶対当たったって！　どん、て――」

「平気平気」

ヤケ気味の永峯を軽くいなすように、大地はその肩を叩いた。

「とにかく乗れ。今はまだ痛みが出てないだけかもしれん」

「だいじょうぶだって言ってるのに」

「医者に診せなきゃわかんないだろ」

「わかるよ！　そんなこと言うなら帰る！」

踵を返そうとした大地を、永峯は慌てて引き止めた。

「待て！　わかったから、様子見しよう」

これ以上、大地に対して犯罪者になってたまるか。少しでもおかしいようなら、そのときはすぐに病院へ連れていこう。そう決めて助手席に乗せた大地の様子を見守った。

「元気だった？」

「あ……おう」

永峯の返答に、大地はにこにこと頷く。

こうしていると本当に純朴そうな田舎の少年で、見かけ以上に幼い印象だ。その大地と、あんなことをしてしまったとは。

いやいや、考えるな。しかもこいつがなにも言ってこないんだから、俺からは絶対振っちゃだめだ。

そう自分に言い聞かせながらも、大地の唇や指先に目が行ってしまう。

「あっ、これ——」

大地が手を伸ばしたのは、ダッシュボードの上に置いてあった相哲寺のマスコット人形だった。

「ああ、寺でもらった御守り。ネコみたいだろ。ホワイトタイガーなんだぜ。じゃなかった、白虎っていうらしいな」

「へえ」

大地はすぐに興味を失ったようで、マスコット人形を戻して永峯を振り返った。

「今日はどうしたの？」

えっ？　いや、おまえとなんかしたくて来たわけじゃないぞ！

「仕事？　取材だっけ？」

「あ、ああ、そう！　そうなんだよ！」

慌てて頷きながら、永峯は目的を思い出した。

「そうだ、知らないか？　この辺に地蔵があったと思うんだけど、さっきから探してるのに見つからなくて」

「地蔵？」

どういうわけか、大地の顔がぱあっと明るくなった。

「地蔵見に来たの？　知ってる！　すぐ近くだよ」

前方を指差す大地に、永峯はゆっくりと車を走らせた。

「そうか。じゃあ、案内してくれ」

本当に一キロも進まないうちに、道の端に地蔵が姿を現した。永峯は車を停めて、大地とともに地蔵の前に立つ。やはりあの地蔵だった。永峯が巻いたバンダナをしている。

「いや実は、荒損っていう有名な仏師の作だって噂があってさ。ほら、国宝の阿修羅像ってあるだろ。あれを作ったのと同じ。さっきの人形も阿修羅像のある寺のやつ」

「ふうん」

興奮して地蔵の写真を撮りまくる永峯の横で、大地は興味なげに地面を蹴っている。

「本物だったら、この辺も一気に観光地だな。あ、どっかの寺に移されるかもしれないな。サインとか彫ってねえのかな……」

ぐるりと背後に回って下方を覗き込む永峯の袖を、大地が引っ張った。

「ただの地蔵だよ。昔っからあるもん。そんなのだったら、とっくに有名になってるだろ」

「まあ、な」

永峯も頷いて腰を伸ばした。

それはたしかにそのとおりなのだ。噂が出た時点で、しかるべき機関が動き出してもおかしくない。放置されたままだということは、噂は噂でしかないということなのだろう。

そもそも阿修羅像とかインドの神さまと、地蔵では作品傾向が違いすぎるのではないかと、素人の永峯でも思う。それに他の仏像は木彫りだし、この地蔵はもちろん石仏だ。

一応ネットで画像を見た阿修羅像やシヴァ神像は、それこそリアルといってもいいような作風だった。風雪に耐えてきたとはいえ、また地蔵の一般的な傾向だとしても、あまりにも素朴すぎる。

「そうだな。場所がわかっただけでもいいってもんか」

そう呟いて車に引き返すと、大地も当然のように助手席に乗り込んできた。

う……。

心なしか距離が近い。大地の身体が斜めになっている。

まずい。これはマズイだろう。なにがって、こいつが。いや、俺か？

にわかに緊張した永峯は、自分ではさりげないつもりで、大地の頭を肩で押し返した。

「えっと……送ってこうか？」

「今日は泊まらないの？」

直球で返され、言葉に詰まる。

「ええ？　なんで。べつに車は動くし、ほら、あのときは故障したみたいだったから――」

声が裏返りながら言いわけしていた永峯だったが、じっと見つめる視線に耐えきれなくなって、深く息をついた。

「……あのな。こんなこと言えた義理じゃないだろって言われりゃそれまでだけど、一応言っとく。しらばっくれるのもどうかと思うし」

永峯は大地に向き直った。

ときはすでに夕闇。ちゃんと話をするなら今のうちだ。理性が保てるうちに。大地が豹変《ひょうへん》しないうちに。万が一にも一服盛られないうちに。

「なんであんなことした？」

大地はつぶらな瞳を見開いた。

「なんでって――」

「いや、わかってる！　ほんと俺が説教できる立場じゃないってのはわかってんだけど！　でもおまえはまだ若いし、これから巡り会う相手もいるだろうし」

手のひらを向けて訴えかける永峯に、大地は呟くように言い返した。

「そんなに若いってほどでもないけど……」

「嘘つくな。とにかくだ。今回は計画どおり運んだのかもしれないけど、危険すぎる。相手によっちゃけがしたり、命がヤバい可能性だってあるだろ。だからもう、ああいうことは――」

そうだ。大地ためにも、これだけは言っておく。

たしかに若いうちは冒険もしたいだろう。こんな出会いのチャンスもなさそうなド田舎で、さらに大地のような嗜好の持ち主は、なかなか思うにまかせず焦れた日々を送っているのかもしれない。いっそ行きずりの相手でもいいくらいに、切羽詰まっているのも想像がつく。十代の性衝動を舐めるな、という話だ。永峯だってそんな時期を通過したのだから、気持ちはよくわかる。

しかし、世の中はそんなに甘くない。田舎だからって安心はできないのだ。むしろ都会から流れ込んできた連中が、旅の恥は掻き捨て的なノリで羽目を外し、被害を出しているとよく聞くではないか。

まあ今のところ大地のほうが薬を盛ったりして、むしろ加害者的立場なわけだが、なにかの弾みで逆転する可能性はある。そうでなくても、訴えられたりすることだって考えられる。

人生は長いのだ。一時の快楽に走った結果、その後を犠牲にするなんてばからしい。この先、どんな相手と巡り会って、素晴らしい未来が待ちかまえているかわからないのだから。

「永峯さんが好きなんだもん」

「――いけな……い……？」

……なんだって？

永峯は固まって大地を凝視した。小麦色に焼けた頬がほんのりと染まって見えるのは、差し込む残照のせいではないだろう。

好きって……俺を？

「……なに言ってんだよ。おとなを揶揄うな。今は真面目な話をして――」

「揶揄ってない。ほんとのこと言ってる」

遮るように返されて、永峯は思わずむきになった。人がよかれと思って忠告してやっているのに、聞く耳を持たずに好きだのなんだのと浮かれたことを口走って。

「ほんとのこと？　ますますなに言ってんだか。だいたい好きだなんて思うほど、互いに知りもしないだろうが。今日会ったのだって、まったくの偶然で――」

「知ってるよ。優しい人だ」

「はあっ？」

自信たっぷり、得意げに頷かれて、永峯も毒気を抜かれる。

優しいって……マジでなに言ってんだ？　そんなふうに思われるようななにを、俺がしたってんだよ？

まさか、あれやこれやのいけない行為について言及しているのだろうか。しかしそれこそ永峯はマグロ状態だったはずで、ある意味優しくされたほうだ。

「優しいよ」

呆然としていると、だめ押しのように言われて、その無邪気にも見える笑顔に、図らずもどきりとした。

「……べ、べつに俺は……」

なにを狼狽えているのかと焦りを強くし、エンジンもかかっていない車のステアリングを左右に揺らす。

……可愛い。

言っておくが永峯はこれまでに同性を相手にしたこともなければ、男に対してそんなふうに思ったこともない。たとえ十代のお肌ぴかぴかな少年であろうとも。

しかし屈託のない大地の笑顔やしぐさは、可愛いと思ってしまう。まあ、端的に言って、そこそこ整った顔立ちなのはたしかだ。弄っていない眉はきれいに弧を描き、黒目がちの瞳を引き立てている。鼻と口はちんまりしているが、パーツの出来は非常にいい。愛らしさの中に上品さが漂う。

髪はてきとうにカットしたものが伸びて、切りどきを逃しているような感じだし、アレンジの欠片もない制服の白いシャツに黒いズボン、ノーブランドの白いスニーカーという、しゃれっ気のなさにもかかわらず——そこがまたいい、ような気がする。

気づけば大地に見惚れていた永峯は、はっと我に返ってかぶりを振った。

待て待て、違うだろ。そりゃたしかに客観的にも可愛いかもしれないけど、それは一般的な意味でだから。なんの含みもないから。

間違っても大地を見ながらムラムラするとか、今度はこっちが押し倒して弄り倒してやろうとか、そんなことは考えていない――断じていない。

「永峯さんは？」

「はひっ？」

思わず変な声が洩れたのは、大地が腕を摑んできたからだ。瞬間ぞくっと痺れが走って、しかし振り解くのはなぜか躊躇われて、腕を大地に預けたまま少しだけ身を反らす。薄闇の中でも濡れたようにきらめく瞳に、圧倒されるような気分になりながらも目が離せない。

「永峯さんは、俺のこと好き？」

……それはどういう意味なんだろう……。

というか、どういう返答を期待しているのか。そして自分はどう答えたらいいのか。そもそもどう思っているのか。

どうもこうも、可愛いは可愛いであって、犬や猫を可愛いと思う気持ちに近い――はずだ。あるいは、親戚の子どもを可愛いと思うような。

ぐるぐる考えながら、ようやく結論らしいものの尻尾を摑んだ。そうだ。顔見知りの近所の子どもとか、そういうものだろう。いや、近所にそんな対象はいないが。

だいたい教師でもしていなければ、三十路の独身男にとって十代半ばの少年なんて、いちばん関わり合いがない。そういった意味でももの珍しくて、言動が新鮮で、つまり――可愛い。

「……ああ、まあ……可愛いと思うよ」

しかし大地は上目づかいで睨むと、頰まで膨らませた。

「好きかどうか訊いてるんだよ」

な、なんだ、この可愛い生き物は。

決して子どもが得意なタイプではない永峯は、子役の過剰な演技とかにも、夢中になって涙を流したりすることはなく、むしろあざとさにげんなりするほうだったのに、どういうわけか大地の言動はいちいちツボにはまってしまう。

「あー……えっと、嫌いじゃない……うん。だって、まだ会うのは二回目だし、よく知らないし。でも、可愛いと思う」

必死に大地に説明しようと、同時に自分にも言い聞かせるように話すが、大の男がなにを言っているのかと思うくらいたどたどしい。

ヤバいな……なに舞い上がってんだ、俺。

相手が男だろうと、面と向かって好きだと言われれば、心は大いに揺らぐものなのだろうか。それはたしかに嫌われるよりは好意を持たれるほうが、ずっと気持ちが浮き立って当然だとしても。

「ほんと？　嬉しい！」

「うっ……」

抱きつかれると、大地の髪からふわりと温かな匂いがした。なんと言ったらいいのか、非常に陳腐な言い回しではあるが、お日さまの匂いとか、乾し草の匂いとか、ああいうナチュラル系の。

つい深呼吸してしまって、それでは足りずに大地の髪に鼻先を埋めそうになった。

いやいや、待て！　なにやってんの！

慌てて大地を押し返すと、いったん引いた頭が、ずるずると下がっていく。同時にいそいそと永峯のボトムに手が伸びて、今度こそシートから腰を浮かしつつ、大地を突き放した。

「なっ、なにをする気かなっ、大地くんは！」

「ああん」

それでも永峯の股間に未練がましく伸ばされる手を、容赦なく払う。

「ああんじゃないっ！　そういうのはナシ！」

「えぇえー」

思いきり不満を表す大地に、そんな顔もまた可愛いと思いながらも、永峯は必死に理性を保った。

「この前はしたじゃないか」

「あれはっ……おまえが俺を動けなくしたんだろ！」

「でも、ちゃんと反応したよね」

「……っ、……」

可愛いが憎らしい。

「一度やったら同じじゃない」

「そういうもんじゃありません！　とにかく、そんなつもりなら帰れ。俺は犯罪者になる気はないから」

少々きつい言い方かと思ったが、ここはきっちり線を引いておくべきところだ。今後も大地と関わるつもりなら絶対に。

永峯の顔色を窺って諦めたのか、大地は唇を尖らせながらもおとなしく助手席に座り直した。

「つまんなーい。今日はもっと永峯さんに喜んでもらおうと思ったのに」

……だから、そういうことを言うんじゃねえよ。後悔する自分が嫌だ。

「じゃあ、なにもしなかったらまた車に泊まってもいい？」

一転してわくわく顔になった大地に、永峯は思わず頷いてからはっとした。

そもそも今日は泊まるつもりではなかった。前回の件で懲りて、食料その他は準備してあるけれど、非常物資のようなものだ。

「俺はいいけど、おまえはだいじょうぶなのか？　無断外泊なんかしたら、家の人が心配するんじゃねえ？」

「あ、そういうのないから。平気平気」

もしかしたら、すでに家族には素行がばれていて、見放されているのだろうか。あるいはそういうことを気にしないというか、子どもに関心がない親なのかもしれない。その結果として、妙に人懐こくてエロい子どもになってしまったのかも。

気にはなるが、そこまで首を突っ込める関係でもない。

そして、追い払ってしまうには惜しいと思うくらいには、永峯も大地を気に入っている。

いや、だからって、なにかしようとは思ってないぞ。うん。

周囲が闇に包まれ、ふたりしてシートを倒して、窓からの夜空を見上げる。人工的な灯りの類がないので、星がよく見えた。

「ああ、そうだ。この前のお礼になんか食うか？　コンビニメシだけど」

リアシートのビニール袋に手を伸ばし、そっくり大地に渡した。

「あ、セブンマートのおにぎりだ！　これは？　ジュース？」

暗くて見えないのだろうか、あれこれと訊いてくる大地に、永峯はひとつずつ答えた。

「それはスポドリ。こっちがカフェオレ。それはガトーショコラだってさ。最近人気らしい」

「わあ、初めて見る」

言われてみれば、コンビニも麓《ふもと》まで行かなくてはないようだし、けっこう珍しいのかもしれない。

「美味しい！　すごい！　なにこれ！　チョコレートじゃないの？」

「いや、だからチョコケーキだろ」

夢中でぱくつく大地は、たびたび歓声を上げて絶賛した。こんなもので喜んでもらえるなんて、嬉しいよりもなんだか不憫《ふびん》だ。いや、永峯の想像が当たっているとは限らないし、コンビニなど現代日本では当たり前の生活環境から離れて暮らしているとしても、それを大地自身が嘆いているわけでもないと思う。勝手に憐れむなんて、失礼な話なのだが。

けどなあ、興味がないってわけでもないだろうし、いっぺんくらい東京に連れていってやりたいよな。

永峯も特別贅沢ができる生活ではないが、一日スポンサーになって大地を楽しませるくらいならなんとかなる。それで大地の喜ぶ顔が見られるなら安いものだ。

「あ……なくなっちゃう」

いくつかにカットされていた最後のひと切れをつまんだ大地は、それを永峯の口元に差し出した。

「はい」

「いや、俺は……」

正直、甘いものはあまり得意ではない。ガトーショコラも新商品の文句につられたのと、いざとなればチョコレート代わりにエネルギー補給になるかと思ってのことだった。

「美味しいよ」

満面の笑みで促されると断りにくくて、永峯は端っこを齧った。

あっま……。

やはり積極的に食べたいとは思わない、という顔は見せずに頷いて、大地の手を押し返す。

「もういいの？　じゃあ残りは食べちゃっていい？」

永峯の返事を待たずに半分近くを頬張った大地は、つまんだ残りを見やって、その後は削り取るようにちびちびと味わっていた。

無邪気な顔しやがって……。

やはり可愛いと思う一方、その大地とエロいことをしてしまったという記憶は残っているので、なんとなく冷静でもいられない。せめて彼が成人していれば、こんなシチュエーションを放っておいたりしないのだが、一度こうと決めた以上は守る。

自分がそれほどの常識人だとは思わないけれど、未来ある大地のために、おとなの端くれとしてすべきことだと思うのだ。

その後はふたりでおにぎりを一個ずつ食べた。梅干しとオムライスというチョイスだったのだが、それにも大地は目を丸くしていた。

「これ、おにぎりなの？　お米が赤い！」

えっ、まさかケチャップライスも知らないのか？

コンビニが近くになければ、変わり種おにぎりを知らなくても不思議はないが、オムライスくらいは食べたことがあるだろう。

「なにこれ⁉　すごい！　美味しいー！」

大地のはしゃぎようからして、やはりオムライスは未知だったようだ。十代半ばにして、食べたこともなければ存在すら知らなかったなんて――と永峯の胸が痛む。

いや、胸は痛むが、その意味合いはなんというか――愛しい？

あまりにも無邪気で、世間ずれしていなくて、その純粋さにこちらの心まで洗われるような、そんなどこかノスタルジックなせつなさというか。

……なに言ってんだ、俺。

純朴ではあるが、その一方で超絶舌技を披露してもいる。この純真な生き物に、いったい誰がそんなテクニックを仕込んだのか。

それに気づくと腹立たしいやら妬ましいやらの感情がふつふつと沸き上がってきたが、そっち方面で関わらないと決めた以上は、詮索することでもない気もした。

コンビニ商品を食べ尽くして、満足したらしい大地が助手席に寝そべる。梢が揺れる音と虫の音が聞こえる静寂の中で、わずかに衣擦《きぬず》れが響いた。

腰の辺りに、指の感触。

「……こら」

永峯はその手を摑んで押し返した。

「ほんとにしないの？」

「しません」

「可愛いって言ったのに」

薄闇の中、唇を尖らせている顔が目に浮かぶようだ。

……ああもう、こいつは——。

永峯は助手席に向き直って、華奢《きやしや》な身体を抱き包んだ。またふわりと日向《ひなた》のような匂いが鼻腔を擽る。

「俺を煽るな。ここまでだ」

胸の中にすっぽりと包めてしまいそうな身体とその温もりに、むしろ自分から煽られに行ったようなものだと気づいたが、かといって手を離す気にもなれない。

生殺し状態に奥歯を嚙みしめる永峯の気を知ってか知らでか、大地は頭を擦りつけてきた。

けっきょく地蔵が荒掠の作品かどうかはわからないまま――というか、放置されている時点で無関係なのだろうが、永峯は地蔵を含めた散策リポートを仕上げた後も、たびたび山梨の山中を訪れた。

大地は本当に携帯電話を持っていなかったので、次の約束をして待ち合わせるという形をとるしかなかった。それでもどうしても都合がつかなくなってしまい、約束の日に行けずに気を揉んだことがある。サービスを利用して、携帯宛てにかかってきた電話にメッセージを入れておいたが、返信はもちろんのこと、大地がかけてきた様子もなかった。

翌日どうにか時間を作って出向くと、まるでその日が約束の日だったかのように大地が現れて、車中の永峯に両手を振った。

「悪かった。昨日待ちぼうけ食わせただろ?」

「平気だよ。事故とかじゃなかったならよかった。それより今日、来てくれたんだ」

いや、永峯は気になってしかたなかったからだが、そう言う大地だってここにいるではないか。そんなことを思いながら車に乗るように勧めたが、大地は珍しく躊躇った。

「俺、ちょっと濡れてるから」

言われてみれば、服全体が湿って身体に張りついている。

「どうしたんだ。川にでもはまったのか?」

「昨日雨降ったから」

昨日……? 昨日の雨に濡れたってことか?

それは、雨をしのぐ場所がないということにならないか。つまり、家がない、という――。

いやいや、それはないだろ。この歳でホームレスなんてことは……。ありえないことだが、家がないとしても雨を避けることはできるはずだ。民家の軒先とか。だから濡れたとしても、移動中とかそういう意味で――。

……でも、帰ったら着替えるよな？

では、昨日の雨で濡れているところを通ったかなにかして濡れたと、そういうことだろう。

「かまわない。風邪ひくから乗れ。ああ、後ろにタオルあるから拭けよ。シャツは引っかけとけば乾くだろ」

大地はおとなしく従って服を脱ぐ。永峯は言ってから、しまったと思った。

線が細い少年の身体は、服で隠れていた部分が意外なほど白くて、永峯の胸を騒がせた。ぽつんとほの赤い乳首なんて、グラビアのEカップよりも目を奪われる。

「……えっと、そうだ！　ドーナツ！　ドーナツ買ってきたから！」

「ドーナツ……？」

永峯がカラフルな箱を差し出すと、大地はタオルを放り出してそれを捧げ持つ。箱に鼻先を寄せて匂いを嗅ぎ、ぱあっと顔を輝かせた。

「美味しそうな匂いがする！」

「うん、会えてよかった。買ったはいいけど、無駄にするところだったからな」

中身を見た大地の喜びようは大変なもので、女子の中に気まずく並んで買った甲斐があったというものだ。

「ケーキ？　これ、ケーキ？」

「いや、ドーナツだって。なんか、油で揚げてないとか——」

「ああ、どうしよう！　どれから食べようかな？」

もしかして、いやもしかしなくてもドーナツも知らなかったのだろうか。さっそくグレーズがかかり砕いたナッツがトッピングされたドーナツを頬張る大地を眺めながら、永峯は考え込んでしまった。

思えばたびたびこういった状況になるわけだが、実物を見たことがなくても、この情報社会においてそれとわからないということがあるだろうか。例えるなら発展途上国の電気も通っていないような場所で暮らす人々並みに、情報から遮断されているように思えるのだ。

薄々感じながら否定していたのだが、もしかしたら学校にも行っていないのではないか。友だちの話題も一切出ない。それどころか、家族の話題すらも。ありえないと思うのだが、家もないのでは——。

この歳の少年が、それでどうやって生きているのかという疑問はあるが、どうしてもそれ以外考えられない。せめて施設かどこかで暮らしていて、自主的に外をうろついているのだと思いたい。それだって、なにがマシなのかという話だが。

ヤバいなー……。

永峯は我知らず胸を押さえていた。

小さいもの、か弱いものへの同情心は人一倍強いと自覚している。子どもの頃捨て犬や捨て猫に遭遇したときの回避は、こっちが苦しくて倒れそうになるくらいだった。

いや、でも、そうと決まったわけでもないし……こいつ根っから明るいし、なにか不満があるようにも見えないし。

捨てられた動物のように助けてくれと訴えてくるわけでもなく、むしろ日々を楽しく生きているように思う。野生動物に近いイメージだ。

とにかく今は事実を確認しておらず、大地からもなんの求めもないのだから、このままにしておくのがいいのかもしれない。もちろんなにかあれば、できるだけのことはしてやりたいと思うが。

ほんと、頼むわ神さま……。

そう思って、永峯はあっと顔を上げた。

「大地、ドーナツ一個いいか？　お供えしてくる」

数十メートル先には、件の地蔵が立っている。大地とこうして親しくなったのもあの地蔵が発端のようなものだし、この辺一帯で唯一の神仏のようでもある。大地のために祈っておいて間違いはないだろう。

地蔵は永峯が巻いたバンダナでなく、真新しい涎掛けをしていた。地元民が気づいて新調してくれたのだろう。その足元にドーナツを置いて、両手を合わせる。後をついてきた大地が、背後で擽ったそうな笑いを洩らした。

「おまえも拝んどけよ。地元の神さまだろ」

「はあい」

そのとき、地蔵の後ろの草むらががさがさと揺れて、永峯はとっさに大地を庇って後ずさった。

「な、なんだ⁉　ヘビ？　タヌキ？」

にゅっと伸びた褐色の手がドーナツを摑み、地蔵の台座を蹴るようにして飛び跳ねていく。

「さ、サル！」

すでに藪《やぶ》の中に身を隠してしまったが、野生のニホンザルのようだった。まだ若そうな個体で、俊敏なことこの上ない。

「……サルまでいるのかよ。危なくないのか？」

おそらく群れがあるのだろうから、複数に襲いかかられたら人間でも危険なのではないか。

「俺のドーナツ……」

「おまえのじゃないだろ。お供えしたの。まあ先に拝んだし、ちょっとは伝わってるよな」


その一件があってから、永峯はますます大地が気にかかり、せめて連絡手段くらいは確保したいと、新しい携帯電話を購入した。

それを手にした大地は、困惑と興味の入り交じった表情で見入っている。携帯を所持していないだけでなく、触ったこともないようだ。

「なんかあったら連絡しろよ。なくてもかけてきてもいいし。それと充電器。電池が減ったら、これに繋いで——」

電話のかけ方から充電のしかたまで、詳しく説明する。コンセントに繫げない場合を想定して、携帯充電器を複数用意した。それらを使い果たす前には、代わりを持って訪れるつもりでいる。

「……わかったか？　んじゃ、試しにかけてみるからな」

永峯は車を降りて後方に移動し、大地の携帯を鳴らす。サイドミラーに映る大地は、はっとしたように両手に持った携帯を凝視していたが、慌ててボタンを操作して、そっと耳に押し当てた。

「もしもし。聞こえるか？」

大地が笑顔全開になる。

『聞こえる！　永峯さんの声！』

「こっちも聞こえるよ」

通話を切って車に戻ると、大地はまだ興奮冷めやらぬ顔をしていた。

「永峯さんが東京に戻っても聞こえる？」

「もちろん——あ、いや、たぶんな。この辺、電波いまいちみたいだし。でも、いちばん性能がいいっていうの買ってきたから」

「すごいね！　毎日かけてもいい？」

「電池切れに気をつけろよ」

なんて可愛いのだろう。無邪気で無垢で天真爛漫《てんしんらんまん》。いや、それだけではない一面があるのを知ってはいるが、それも含めて大地は素直だった。

生きていれば相手の反応を気にして、多少なりとも己を装うことはある。それが人間関係を円滑にしている部分もあるのだが、ストレートに自分を表現できる大地が、好ましくもあり羨《うらや》ましくもある。

それはこういう環境で生活しているからなのかもしれなくて、情報や物品を与えることで変わってしまう可能性を思うと、果たしていいことなのか、大地自身のためになるのかと考える。

そもそもそれで自分はこの先、大地をどうしたいのか。彼に対し責任を持てるのか。その答えはまだ出ない。

しかしそれでも――今はこうしたいと思う。


携帯電話を渡してから、大地は毎晩電話をかけてきた。しかし電池切れを気にしてか、きっかり三分で通話を止める。

電話を切った後、永峯は決まって人恋しいような気分にさせられた。いや、正直に言おう。大地に会いたくてたまらなくなった。

『今日はね、グミを食べた。熟してきてて、甘かった！』

「へえ、旨そうだな」

『鳥が狙ってるからね。永峯さんが来るまで残ってるかなー』

「早めに行くよ」

『いつ⁉　明日？』

「明日はちょっと無理だけど――」

仕事を後回しにしたい誘惑にかられながらも、せめて最短で向かえるようにスケジュールを調整する永峯だった。

雨が降ると、つい永峯のほうから連絡してしまう。また濡れ鼠になっているのではないかと気が気ではない。

『えー、雨なの？　こっちは晴れてるよ。星が見える』

「そうか、よかった。そうだな、同じ天気とは限らないもんな」

『昼間、土砂降りだったけどね』

大地はそんな言葉を付け足して、永峯の気を揉ませる。とんだ小悪魔だ。

それにしても、とっさに星が見えるとは、やはりどこで夜を過ごしているのか気にかかった。


約束の日、永峯は予定よりも早く東京を発ち、山梨へ向かった。

昨日のうちに土産は用意してある。保冷剤を詰めまくったクーラーボックスに、有名店の新商品だというプリンを入れた。

いっそもう、何日か東京に連れていっちまうかな。

最近たびたび思うことを、また頭に浮かべる。しかし中途半端なことはできないと、そのたびに自分に待ったをかけていた。

大地が成人していれば、事はもっとずっと簡単だし、永峯も迷いはしない。では、大地がおとなになるまでこんな状態を続けるのかと言われれば、それもむずかしい。

なにより……俺が我慢できそうにねえもん。

セックスを抜きにしても、大地という存在に惹かれていた。恋なのかと問われたら、「たぶん」と頷いてしまうくらいに。

そろそろすべてを明らかにして、対策を考えるときが来ているのかもしれない。大地が永峯の想像どおりの身の上なら、現実的な問題は山積みになる。独身三十男には不可能なことかもしれないが、それでもなんとかしたいと思う。

だってもう、あいつ抜きなんて考えられない。

そんな勇み足が表れたように、午前の早い時間に待ち合わせ場所に近づいた永峯は、前方の砂利道を影が横切ったのを見て、慌てて急ブレーキをかけた。

「なっ、サル⁉」

道の片側は斜面になっていて、草木が生い茂っている。そこからサルが飛び出してきたのだ。反対側はガードレール代わりの木の柵になっている。

「返せよ！」

大地――⁉

山に響く声に、永峯は車を降りた。

前方の斜面からサルがまた降りてきて、その後から大地が滑り落ちるように飛び出してきた。サルの手に持ったものが、きらりと光を反射する。携帯電話だ。大地は奪われたそれを取り返そうと、サルと追いかけっこをしていたらしい。

無理だろ、それは！

ここまで追いついてきたことが奇跡だ。とにかくこのままでは大地がけがをすると、永峯は声を張り上げた。たかが携帯電話ごときで、そんなことになったらたまらない。

「大地！　いいから放っとけ！」

しかし大地ははっとしたように一瞬こちらを見たものの、すぐにサルを追いかける。サルも永峯に気づいたのか、木の柵に跳ね乗ると歯を剝き出して威嚇した。

「返せーっ！」

大地は携帯を持ったサルに突進する。さすがにサルも驚いたのか、携帯を柵の向こうに投げつけた。

「あぁっ……！」

携帯が弧を描いて宙を舞い、崖下へと落ちていく。これで騒ぎが収まるならそれでいいと、永峯は思った。

「大地！　もういいからこっちへ――」

しかしそう呼びかけた永峯を振り返りもせずに、大地は木の柵に足をかけると、一気に跳躍した。

嘘だろっ……！

「ばか、よせっ……！」

白いシャツが風を孕んで膨れ上がる。なめらかそうな腹部がちらりと見え、その光景は目を瞠るほど絵になっていたが、永峯の心臓はきゅうっと締めつけられた。

着地する地面を持たないまま、大地の姿が消える。

「大地――っ！」

うわっ……！

考えるより先に身体が動いていた。永峯は走り出すと木の柵を飛び越え、同じように地面を蹴る。

崖下を確認したのはそのときで、予想よりもずっと深い傾斜が広がっていた。大地が一分《いちぶ》の躊躇いもなく飛び下りたものだから、無意識にそう落差はないと思い込んでいた。しかしこれは、もはや谷だ。

……早まった！　絶対助からねえ！

現地で暮らす大地がそれを知らないはずはないのに、どうしてあんなばかなことをしたんだとか、自分はどうでもせめて大地は助かってほしいとか、好きな相手を守れもしないなんて情けないとか、滑空の一瞬にさまざまな思いが頭の中を駆け巡る。

くっそう、こんなことならおとなの分別とか社会常識とか気取ってないで、一回くらいやっとくんだった……！

そんなことを考えた瞬間、なにかがふわりと永峯の胴に巻きついた。

えっ……？

落下が止まって――いや、緩やかになって、まるで宙に浮いているような心地を味わう。例えるなら落下傘に吊り下げられているような、いや、きっとそれよりももっとゆったりしている。いったいなんなのだろう、これは。

ほどなくして、身体の下になにかが滑り込んできた。ふかふかの獣毛――？　たとえばムートンの敷物のような――いや、中身が詰まっている⁉

胴に巻きついていたものの感触が消えて思わず振り返ると、長い尻尾が宙でうねるのが目に入った。白黒の縞模様。ネコの尻尾のようだが、それよりずっと長くて太い――。

「……えっ……？」

我知らず声が洩れる。それに反応したように、カーペットの中身からごろごろという振動が響いて、永峯は顔を前に向けた。

「うわっ……」

トラだ。ホワイトタイガーだ。この山には、サルどころかトラまでいたのか⁉　というか、今自分は、トラの背中に乗ってしがみついているのか⁉

トラは永峯と視線を合わせると、まるで微笑むようにわずかに目を細めた――ように見えた。喉を鳴らす音がいっそう大きくなる。

……うわあ……。

もしかしたら、すでに永峯は死んでしまったのかもしれない。だからトラが登場してしまったのだろう。あまりにも心残りのある死にざまだったから、死ななかった場合を想像している、とか。

それにしてもトラって……突飛すぎるわ、俺の想像力。

サルはともかく、日本の山にトラはいないだろう。動物園から脱走でもしない限り。そんなことがあれば、とっくに大騒ぎになっている。

百歩譲って脱走トラだったとしても、出会いがしらにガブリとやられるのが関の山だ。間違っても崖から落下した人間を、身を挺して救ってくれるはずがない。

そんなことを思っていると、トラの身体越しに着地の感触があった。

「えっ？」

周囲を見回すと、見上げるような崖と、その上に青い空があった。谷底に位置する場所なのは間違いなく、生身で落ちたらまず助からないと思える落差だ。ということは、やはり——。

「永峯さん！」

斜面に反響する声に振り向くと、大地が駆け寄ってくるところだった。けがもしていない上に、片手に携帯電話を握りしめている。

「大地……！」

夢中で手を伸ばすと、華奢な身体が胸に飛び込んできた。髪からは日向の匂いがする。

想像していた天国とはずいぶんと趣が違って超リアルというか、そのまま生前の続きのようだが、とにかく今はどうでもいい。

大地に会えた。こうして抱きしめている。そうだ。ずっと自分はそうしたかったのだ。

「もう放さない。おまえが好きだ」

「ほんと？　やったあ！」

「やったあ、って、軽いな。まあ、変にドラマティックなのも性に合わないけど」

「ありがと、バイフー《白虎》！」

腕の中で首を伸ばした大地は、永峯の背後に声をかける。

「バイフー……？　って……」

永峯もつられて振り返ると、そこには依然としてホワイトタイガーがいた。しかしトラとは、こんなに大きい生き物だっただろうか。永峯が思っていたよりも五割増しだ。だからこそ、乗っけられていても妙に安定感があったのだが。

「びっくりしたよ、永峯さんが飛び下りるから。でも、さすがは神獣だね」

……神獣……？　バイフーって……中国語読みか？

考えながらホワイトタイガーを見つめていた永峯は、首に巻かれた赤い綱ににわかに既視感を覚えた。

「あーっ、相哲寺の……」

そう。仏師・荒掫ゆかりの鎌倉の相哲寺を訪れた際に、住職からプレゼントされたマスコット人形が白虎だった。今は永峯の車のフロントガラスのところに置いてあるはずだ。

では、なにか？　永峯の危機を救うために、御守りのマスコット人形が白虎に転じたとでもいうのか？　寺からもらったものだから、お経くらいは上げてあるのかもしれないが、人間ひとりの命を救ってしまうなんて、霊験あらたかすぎるだろう。

「……いや、まさか――」

半笑いで呟いた永峯の目の前で、白虎はすうっと消えてしまった。そこにころりと転がったのは、まさにあのマスコット人形で――。

「……マジか？」

恐る恐る視線を移すと、大地はこくりと頷いた。

「ていうか、おまえ！　おまえはどうしたんだよ!?　おまえも白虎に助けてもらったのか？　そんなはずないよな？　どうして――」

「あーあ、ばれちゃった」

大地は永峯の腕から離れると、一歩下がってぺこりと頭を下げた。

「今まで内緒にしててごめんね。俺、クシティ・ガルバ」

「く……？　バイフーと同じで中国語か？　いや、なんかインド系っぽい――」

日本人にしか見えないけど、外国人なのか？　それなら日本の文化風俗事情に疎いのも納得がいくような――いや、でもこの土地にはかなり詳しい。でも学校にも行ってないっぽくて、もしかしたら不法滞在――。

混乱する永峯に、大地は人差し指を立ててみせた。

「当たり。サンスクリット語ね。クシティが大地って意味。まあ、それはどうでもいいんだけど、あの地蔵に宿ってる神さまです」

「はああっ!?」

永峯の叫びが谷いっぱいにこだました。頭上高く、驚いた鳥がバサバサと飛んでいく。

な、なんだって……？　クシティなんとか？　地蔵⁉　いや、神さま⁉

疑問や反論はいろいろとあるのだが、驚きすぎて声が出ず、口をパクパクさせる永峯に、大地は「まあ、座ろうよ」とその腕を引いた。

「えっとね、最初に永峯さんが直してくれた地蔵。あれは噂どおり、荒摂が作った石仏なんだ。底のところにちゃんと銘もあるよ。あと、台座にトラが彫られてる」

「トラ……ああ、荒摂が自分の作品には必ず入れたっていう――」

ようやく掠れ声が出た。

「そう。永峯さんを助けてって俺が命じたのは台座のトラなんだけど、あいつヒビが入っちゃってるから、マスコット人形に乗り移ったみたいだね」

彫刻のトラだろうとマスコット人形だろうと、この際大差はないので頷いておく。それよりも問題は、大地が地蔵に宿る神さまだという件だ。

「……で、えっと……やっぱりそうなのか？」

「うん。荒摂の作った像って、どういうわけか俺たち神さまをすごく引き寄せるわけ。俺もかれこれ四百年くらい憑いてるかなー」

「四百年！　てことは、江戸時代？」

すでに事実の前提で会話してしまっているが、そうとでも信じなければ、大地が無事でいる理由がつかない。これまで謎だった素性についても、そういう存在だったと言われれば、あっさりとつじつまが合ってしまう。

そこで永峯は、はっと顔を上げた。

相哲寺を訪れて住職と話をしたとき、別れ際に呟かれたのだ。

『自分から近づこうとするとは、物好きなお人だ』

あれは、地蔵に大地が宿っていると知っての言葉だったのだろうか。

「……あのさ、大地――」

大地は小首を傾げる。こんなしぐさをするあどけないほどの少年が、神さまだなんてやはり驚きだ。

「荒摂の仏像って他にもあるだろ。あの寺の国宝とか他にもインドの……あれにも神さまが憑いてるわけ？」

大地は永峯の真意を測るように上目づかいで見つめてきたが、小さく笑った。あどけない少年の顔なのに、神さまだなんて聞くと、なんだか急におとなの片鱗が見え隠れしているようにも思えてくる。

「さあ、どうだろうね」

……憑いてるんだな。

世の中なにがあるかわからないと、深くため息をついた永峯に、大地はしがみついてきた。

「ね、ね、それより永峯さん。俺のこと好きだって言ったよね？」

「えっ、あ、それは……」

「言ったよね？」

なんだろう。神さまだと知ってしまったからか、妙に迫力を感じるようになってしまった。

「……言いました。ああ、言ったとも！」

かまうものか。あれは本心だ。大地が人間ではなく神さまだとわかった今だって、永峯の気持ちに変わりはない。もう会わないなんて気には全然なれないし、これからも同じようにつきあっていきたいと思う。

「俺も大好き！」

ぐりぐりと頭を押しつけてくる大地を、なんて可愛いんだと思いながら、常々疑問に思っていたことを訊く。

「でも、なんで俺なんだ……？」

「永峯さん、優しいもん」

そういえば、以前にもそう言われたことがあるが、思い当たらない。

「優しいって……あ、食料持ってくるからか？　お供え的な意味で？」

本当にそれ以外浮かばなくて口にしたのだが、大地はぷうっと頬を膨らませた。

だから、そういうことすんなって。マジで食っちまいたくなんだろ。

「なにそれ？　食べ物につられたりしないよ。お供えなら、近くのばあちゃんとかが持ってきてくれるもん」

その答えに、あっと思う。最初に大地が持ってきたおにぎりやおはぎは、地蔵への供え物だったのか。

うわあ、ある意味罰当たり……いや、地蔵さんから施されたんだからいいのか？

「永峯さん、地蔵の俺を起こしてくれただろ」

「え？　それ？　でもそれって……」

優しいと言われるほどのことだろうか。しかもそれを理由に好きになるほど？

「けっこうみんな、見て見ぬふりだよ。ここ四百年の間に何回か倒れたけど、長いときは何か月か放置だったからね」

世を憂えるような顔で頷かれると、そうなのかと思わざるを得ない。なにせ四百年の重みはすごい。

「いや、でもさ。見ればなんとかしたいって思うだろ。一応信仰の対象なんだし。まあ俺は信心深くないけど、気持ち的に嫌じゃん」

「うん、それって、どっちかっていうと人助けに近い感覚だよね。だから優しい人だって思ったんだ」

……まあ、褒められてんなら、むきになって否定することでもないか。

でも、誰に見られていたとも思っていなかった行動を持ち出されると、なんだか擽ったくて、永峯は鼻の横を掻く。

「それに、バンダナ巻いてくれただろ。あれ、嬉しかったなあ」

「あ、あれもまあ、なんだ、涎掛けが破れてたし……ないよりはマシかなって……」

絶対もらえるはずがないと期待もしていなかった礼を、時間差で受け取ることの気恥ずかしさに、永峯は口ごもった。

「もっとこの人と会いたい、話がしたいと思って、車を動かなくしたの、俺。ごめんね」

「ああ……まあ、こういう展開なら、そういうことだろうな」

しかし大地が行動を起こしてくれたからこそ、こうして今があるわけで、むしろ永峯的には目を留めてくれたことを感謝したいくらいだ。

「わかったよ。おまえが俺を好きで嬉しい。けど、あんまり危ないことはしないでくれ。そりゃ神さまなんだからそうそうヤバいことにはならないってわかってもいるけど、こっちの心臓が持たない。携帯を追いかけて自分も飛び出すなんて」

「だって、永峯さんがくれたものだもん。手放すなんてできるわけない」

大地は携帯を両手で包んで、大事そうに頰を寄せる。

「永峯さんからもらったものは、全部ちゃんととってあるんだ」

「ほとんど腹の中に納まってるんだろ」

永峯は大地の頭を撫でて立ち上がった。


神通力だかなんだかわからないが、大地と手を繫ぐと宙に身体が浮き、そのまま崖の上まで戻った。身をもって大地の人ならざる力を知ったわけだが、まあ、今さらだ。人ではなかろうが神さまだろうが、好きなのだからしかたがない。

着地してよろめいた永峯は、それでも空中浮遊は今後なるべく避けたいと思いながら、大地と車へ向かう。

「しかしまあ、こんな力が使えるなら、さっさとサルから奪い返せばよかったんじゃねえの？」

「ああ、あいつらはだめ。神さまって認識ないから、力が伝わらないいんだよ」

「んん？　わかるようなわからないような……」

「それより、今日のお土産はなあに？」

大地に促されて、その話はそれまでになった。永峯にとっても些末なことなので、どうでもいい。プリンを絶賛した大地は三個を一気に平らげ、バニラの匂いを振り撒く。ともすれば顔を寄せてしまいそうになるし、きっと甘いに違いない唇を奪いたくもなったが、まだ日は高く、いくら人里離れた山中でも気が引けた。

「あー……そうだ、どっか行くか？　ドライブでも」

「ほんと⁉」

もたれていたシートから跳ねるように身を起こした大地だったが、すぐに首を傾げる。

「でも、あんまり遠くまで行けないいんだよね。本体から離れすぎると動けなくなる」

「えっ？」

詳しく説明してもらったところによると、地蔵が立っている場所からある程度を過ぎると、それ以上進めなくなるらしい。無線ランのようなものだろうか。

……ってことは、東京まで連れてくのはしょせん無理だったってことか？

山梨に通うのはかまわないが、やはりなにかあったときにすぐに対応できないことが気がかりだ。いっそ俺がこっちに引っ越す、とか？

そんなことを考えながら、とにかく大地の活動範囲を知るべく、車を走らせてみた。

「いいか？　調子悪くなったら早めに言えよ」

何度も助手席の大地の様子を窺いながら麓のほうへと進むと、いともあっさり街まで辿り着いてしまった。

「わあ、すごい！　ここどこ？　東京？」

「いや、麓の街だから」

「賑やかだねえ」

永峯とはかなり感覚が違う感想に苦笑しながら、ファミレスの駐車場に乗り入れた。降りて目を瞠る大地を連れて入店し、遅めの昼食をとる。

大地は唸りまくってメニューを決めたが、それでも心残りが山ほどあるらしく、出てきた料理に感嘆しながらも、「また来ようね！」を繰り返した。

ファミレスでこんなに喜んでもらえるなら、いくらだって連れてきてやるよ！

その後、街をぶらぶらして、夕食は回転寿司に行った。ここでも大地が歓喜したのは言うまでもない。

すっかり日も落ちた街の中を、永峯はあるものを探して車を走らせる。初めてではないのに、にわかに緊張してきた。

あてずっぽうでもなんとなくわかるもので、やがてネオンがきらめく建物が見えてきた。塀に囲まれた入り口に滑り込むと、運よくガレージから直結式だ。

エンジンを切って隣を見ると、大地はきょろきょろしている。

「どこ？」

「ラブホ」

答えてもわからないらしく、笑顔で首を傾げる。まるで犯罪者のようだが、とにかく大地を促して階上の客室へ入った。

「わああっ、すごいー！」

部屋に入るなり、大地は飛び跳ねるようにして室内を見て回る。

「なに？　あっ、永峯さんち？　知ってる、アパートっていうんだろ？　あ、これなに？　ふとん、じゃなくてなんだっけ……ベッドだ！　おっきいー！」

まあそういう用途の部屋なので、たしかにベッドがいちばん主張している。大地はそこにダイブするように飛び乗った。見た目そのままの無邪気な行動に、永峯の口元も緩む。単純に喜んでいる様子に、このままでもいいかなと、ふと思った。

大地の正体が地蔵だったという想定外の事実が明らかになったが、とにもかくにも相思相愛なのもまた事実で、そうとなればもろもろのしがらみを振り捨てて、気持ちだけでなく身体も確かめ合いたいと思うのは自然な流れだ。たとえ人間と神さまであろうとも。

こんなところに連れてきたくらいだから、永峯もその気満々でいたのだが、なんだか迷う。

だって、今になって無邪気すぎるだろ！

神さまだとか四百年だとか——いや、正しくは八百年オーバーか、荒摂の作品なら——言っておきながら、見た目より幼いくらいの言動をかまされては、エロい方向に持っていこうとするほうが悪い奴のような気がしてきた。

うん、まあ……単に現代の文化風俗を楽しんでもらうだけでもいいかもな。この先いくらでも時間はあるんだし。

そう自分に言い聞かせながらも、男の性《さが》は性としてあるわけで——だがしかし、あまりがっつきすぎるのも、いいおとなとしてどうなのかという話だ。

ひとりで悶々としていた永峯を後目に、大地は「あっ！」と声を出して起き上がった。

「どうし——た……」

こちらを振り向いた大地が、突然色気をにじませた流し目をくれる。部屋に入ってからずっとドアの前で突っ立っていた永峯を、細い指先で手招きした。

すでに大地がエロモードに入っているのは明らかで、その誘いに抗いがたい威力を感じるのも、大地が人ならざる力を使っているわけでもなく、単に永峯のほうもその気だからだろう。引き寄せられるようにベッドに近づき、腰を下ろした永峯に、大地は両手を差し伸べてきた。

「しよ?」

ああもう、なんだこの可愛くてエロい生き物は！

セクシーダイナマイトぶりに感じ入っていると、大地はそれを無反応と取ったのか、眉を吊り上げて永峯の股間に手を伸ばしてくる。

「やっとわかった。ラブホって出会い茶屋みたいなとこでしょ。自分で連れてきたくせに、なにもしないつもり？」

「いや、そういうわけじゃなくて――」

「じゃあ、どういうつもりなんだよー！」

大地は永峯を仰向けに倒すと、その腹に乗り上げた。

「うっ……」

見た目は華奢だし、紐で繋いでおかなければ浮き上がりそうに身軽に見えるのに、驚くほど重い。本体が石像のせいだろうか。しかも力も強い。永峯の両手を片手で摑むと、空いたほうの手で股間を揉み上げてくる。

「ちょっ、待て！」

「待たないー。あ、もう硬くなってきた♪」

「神さまなのに、なんでそうエロに向かうんだ！」

「神さまなんて、人間より奔放《ほんぽう》なくらいじゃない？」

まあたしかに、どの国の神話も性的に乱れているが。

「ずっとおあずけだったんだもん。我慢させられてた分、今日はたっぷり――」

永峯はどうにか大地の手を阻んだ。その力は大地にも意外だったらしく動きが止まる。その隙に、一気に体勢を逆転させた。

「我慢してたのはおまえだけじゃない。こっちだって……いや、俺のほうがずっと我慢してた」

「……永峯さんが？」

長めの前髪が上がって、大地の額が全開になっていた。なんて可愛いおでこなんだと、永峯は引き寄せられるようにそこにくちづける。ひゅっと息を呑む音が聞こえた。

「今日は俺に主導権を渡せよ。まだキスもしてないじゃないか。ひととおり全部やらせろ」

額から瞼へ唇を移し、長い睫毛の感触を愉しんで、細い鼻梁《びりょう》を辿る。見ていたときよりもずっと精細な造作に、これは荒摂のイメージなのだろうかとふと思う。

いや、なんだっていいんだけど。大地は大地だ。

「……んっ……」

小さな唇は柔らかかった。啄《ついば》むとほろりと解けて、性急に重ねた永峯を受け入れる。思いきり吸い上げると舌がこぼれてきて、その甘さに酔った。

永峯が口中を舐め尽くす間、乱れた鼻息が頬を擽り、肩に置かれた手がときおり爪を立てた。こもった呻きを何度か耳にして、ようやく唇を離す。

大地を見下ろすと、目を見開いて口をパクパクしていた。

「苦しかったか？」

「……びっくりした。口吸いって初めてした」

「口す――うん、今どきはキスな」

「キス、いい！　もっと！」

尖らせた唇を寄せてくるので、永峯は苦笑しながら二度目のキスをする。その傍らで大地のシャツのボタンを外し、素肌に触れた。

「……んっ、……ん、ん……」

薄い胸板にぽつんと乗った小さな乳首に触れると、明らかな反応を示す。指の腹で捏ねるうちにつんと硬くなって、永峯の指も楽しませる。

「なあ……ここも吸っていいか？」

耳朶《じだ》に這わせていた唇で囁くと、撫でられている猫のように目を細めていた大地はこくこくと頷いた。

首筋を辿って胸元へ下がり、乳暈まで膨らませた乳首を唇で捉える。

「んあっ……」

そのまま舌先で擽ると、大地の上体が撓《しな》った。もっとしてくれとねだるように押しつけられるまま、思いきり吸い上げる。

「あああっ……」

ズボンの前を開いて手のひらを押し当てると、そこはしっかりと硬くなっていた。もちろん永峯のほうも、大地の痴態に当てられて同じような状態だ。とにかくじゃまなものは取っ払ってしまおうと、ズボンを引き抜く。

あとは下着も、と思ってそれに触れると、横のほうにころりと小さな感触があった。結び目のような。

「……ん？　なんだ、これ——」

まさか褌《ふんどし》か？　しかし結び目……？

そんなことを思いながら視線を向けた永峯は、思わず声を上げた。

「おまっ……これ……」

なんと言ったらいいのだろう。紐パンか？　サイドを結んだその形は、主にグラビアなどで目にしたことはあるが、着用者は女性だった。

しかも生地にものすごく既視感がある。赤いペイズリーの——バンダナ。そう、永峯が地蔵の首に巻いたものだ。

「言っただろ。永峯さんがくれたものは大事にしてるって」

「いや、そんなドヤ顔で言われても……」

得意げな大地を見返した永峯は、ふいにおかしくなって笑った。おかしいやら、愛しいやら——。

「ああもう、ほんとに可愛いな、おまえは」

永峯は大地の股間に顔を伏せ、下着越し——いや、バンダナ越しに屹立《きつりつ》を咥えた。室内に響いた嬌声に勢いを得て、その形を確かめるように舐めて吸う。たちまち唾液と、おそらくは大地の溢れさせたもので、布はぺったりと腰に張りつく。これはこれでエロい。

「……俺も……俺もするうっ……！」

ベッドの上をじりじりと滑って、上体を永峯の下腹に寄せてきた大地は、奥の手を使って永峯の衣服を取り払った。ついでに自分のシャツとバンダナも。

文字どおり一糸まとわずシックスナインの体勢で互いを高め合い、つい夢中になりすぎて二人揃って極めてしまう。過去に夢うつつで味わったとおりに、いや、それ以上に大地の舌技は素晴らしく、いったいどこで習得したものかと疑問が湧きもしたが、神さまだからと深く考えないことにした。

八百歳超の人ならざるものに嫉妬してもしかたがない。永峯だって、相手にどうこう言えるような清い身体というわけでもない。

今は互いを好いて求めている、それでいい。

それにしても、大地が永峯の口中に放ったものはなんだったのか。精液に代わるものではあるとわかっているが、なんという甘露《かんろ》。同時に、非常に妖《あや》しい気分を掻き立てる。射精の達成感や解放感どころか、もっと大地が欲しくなって、小振りな尻のあわいを思いきり広げて、その中心にある小さな窄《すぼ》まりに舌を捻じ込んでいた。

「ああんっ、あっ、ああっ……」

ペニスどころか指も入らなそうなそこが、とろりと蕩けていく。自らぬめりを含んだ蜜を溢れさせて、永峯を誘う。息を荒げて指を差し入れてみれば、熱く柔らかな肉に押し包まれ、絶妙な振動を伴って締めつけられる。ペニスだったら、ひとたまりもなく射精していた。

「ああ、すごい……おっきい……」

下方から感嘆の声が聞こえて目を向けると、大地は両手で摑んだ永峯の怒張を、うっとりを見つめながら舌を伸ばしていた。永峯の心中そのままに、ペニスは隆と天を突いている。

「永峯さんっ……欲しい！　これ欲しい……ねえっ」

太腿に巻きついていた永峯の手を、大地は尻を振るようにして払うと、向きを変えて永峯の腰を跨いだ。大股開きのそこに、永峯のものを押し当てる。なんという絶景。

頬を紅潮させた大地は、ゆっくりと味わうように永峯を呑み込んでいく。自慢ではないが、大地の身体に対してどう見ても無理があるだろうと思えるサイズなのに、大地の表情は刻々と陶然としたものになっていく。

それは永峯も同様だった。先ほど指で愉しんだ場所は、息を詰まらせるような快感で永峯を襲った。

うっわ……すげえ……。

そのまま暴走したい衝動をこらえて、大地が落ち着くのを待つ間の、なんと長く感じたことか。

「……ああ、すごい……」

大地が、ほう、と息をつく。

「動いていいか？」

興奮しすぎているのか、我ながら驚くような掠れ声で訊くと、大地はこくんと頷いた。それを機に、腹筋を使って上体を起こす。

「わっ、わ……ああっ、当たるうっ……」

きゅうっと締めつけられて、永峯は膝に乗せた格好の大地を抱きしめたまま揺さぶった。

「あんっ、あっ、ひび……、響くうっ、すごい……いい！　気持ちいいっ……」

下腹でピクつく大地のものに腹筋を擦りつけるようにして動くと、たちまち下腹をヌルヌルにされる。タマごと握って擦ってやると、大地は腰を振り立てて喘いだ。

「やあっ、出ちゃうっ……そんなに気持ちよくされたら、出ちゃうよ……っ……」

「いや、こっちだって、そんなに腰を振られたら――くそっ……」

考えてみればなにを我慢しているのだろうと思い、欲望の赴くままに大地を貪る。

欲しかった。そう、欲しかったのだ。ずっと、大地が。

ゆっくり味わうのは後でいい。ようやく手に入れた相手を、今は夢中で求めればいいではないか。

大地の迸りを腹に受けながら、永峯も思いの丈をぶつけるような射精をした。その間もきゅうきゅうと締めつけられて、神さまどころかとんだ魔性だと思う。

「ああ……おいしい……」

肩先に顔を伏せた大地の呟きに、永峯は苦笑する。

「美味しいって、おまえ」

「え、ほんとに美味しいもん、永峯さんの。すごく力が湧いて、栄養満点って感じ。あのときも助かっちゃった」

あのときというのは、最初に車の中で咥えられたときのことだろう。

妖怪だの亡霊だのが精力を養分とする話は聞いたことがあるが、あれはマジだったのか。

……ってことは、こいつこれまでにも……。

恋愛関係において、相手の過去を掘り返していいことなどないとわかっていても、やはり気になるものは気になる。特に大地は特殊だ。

「……何百年も昔から、あそこを通る旅人を襲って英気を養っていた……とか？」

「やだな、永峯さん。なに言ってんの」

しかし大地は一蹴した。ついでに繋がったままの腰を揺らすものだから、刺激されて突き上げたくなる。今、出したばかりだというのに。

「人間の精液飲んだのなんか初めてだよ。いつもは木とか水とか岩から生気をもらうの。でも、あのときは倒されちゃっただろ？　ちょっと削れちゃって、早くなんとかしたかったんだよね」

ついでに言えば、人間のような食事を取る必要もないのだが、食べ物には興味があって味わうのも楽しくて好きらしい。

「俺は携帯栄養補給食か」

思わず突っ込むと、大地はあははと笑った。どうでもいいが、その振動すら気持ちいい。

「助けてくれたお礼もしたかったけど、話してるうちに、なんかこの人すごく好きだなあ、って。優しくしてくれたのもあるけど、なんて言うの？　うん、そう。やっぱりすごく欲しいって、そう思ったんだ」

飾りのない率直な言葉に、永峯の胸に嬉しさと愛しさが込み上げる。その気持ちのままに、大地を抱きしめた。

「あのときも美味しかったけど、今日はもっと甘くて美味しい」

「甘……いや、それは人間としてはヤバい症状だ」

そう返したけれど、たぶん永峯の大地に対する気持ちが表れているということなのだろう。永峯が大地のものを甘露と感じたのと同じことだ、きっと。

その後、ジェットバスを備えた浴室で戯れながら交わり、ベッドに戻って交わり——ラブホを満喫したふたりだった。

相哲寺の塙顕道住職から永峯に連絡があったのは、数日後のことだった。

出向いた永峯は、社務所に並んだ白虎のマスコット型の御守りに軽く手を合わせて奥へ進む。

「わざわざ申しわけありませんでしたな。しかし一度ご説明しておくべきかと思いまして」

「はあ……」

方丈《ほうじょう》に通された永峯が畏《かしこ》まっていると、住職はおかしそうに笑った。

「地蔵菩薩さまから、なんと電話がありました」

「はい……はっ？」

それって……大地……なのか……？

「あなたが携帯電話機をくださったのだと、大変なはしゃぎようで——ああ、話が逸れてしまった。それで、お地蔵さまのご希望としては——」

「す、すみません！　ちょっと待ってください。ということは、住職はご存じだったんですか？　あの地蔵像が荒摂の作品だったことも……その、神さまが宿っていることも……？」

しどろもどろの永峯の問いに、住職は静かに、しかしはっきりと頷いた。

「荒摂の像はその精緻さからか、いつのころからか御本尊が降臨なさるようになりました。ときに仏像そのものが動いたり、近ごろ世間で言うところの『中の人』が現れたりいたします。まあ、当山の者にとっては代々伝わる公然の秘密で、今さらの話なのですが」

……いや、笑って済ませられる話なのか。ていうか、昔からの話なのか……。

絶句する永峯をよそに、住職の話は続く。

「現在、当山では荒摂作の仏像を二体お預かりしておりますが、地蔵菩薩さまについては石仏という性質上、また、御本尊のご希望もあってかの地に安置されたと、記録に残されております。つまり、場所こそ離れていますが、当山が管轄するお地蔵さまということです」

「……そう、だったんですか……」

それならなんでこの前はすっとぼけたんだと思いもしたが、騒ぎを起こさないため、ひいてはそれが大地の——お地蔵さまの望みだったということなのだろう。寺の宝物殿に飾られて人目に晒されるよりも、山中で土地と民を見守るほうを選んだのだ。

「お地蔵さまのご希望は、当山にお移りになりたいということでした」

「えっ？」

ってことは……？

「あの……このお寺に、相哲寺に地蔵を移すってことですか？　できるんですか、そんなこと」

「書類上のやり取りは面倒ですが、問題はないと思いますよ。なにより御仏《みほとけ》のご希望ですからな、お応えせねばなりますまい」

住職は自信たっぷりに頷いた。

「……そうですか……」

地蔵がこの寺に設置されるということは、石仏を拠点とする行動半径があるらしい大地にとって、うまくすれば永峯の日常テリトリーに出入りすることも可能になるのではないか。いや、きっとそのために、大地は移動を希望したのではないか。

永峯としても、駆けつけるのに数時間かかる山の中にいられるよりは、ずっと安心できる。それに、大地が来たいときに永峯の元へ来られるならなによりだ。

知らず口元が緩んでいたらしい。気づけば住職ににやにやと見られていた。どうやら単に永峯と大地が出会って親交を築いただけでなく、恋愛関係になったことも気づかれているらしい。

「御仏はよほど我々人間をお慈しみくださるようですな。そのお心を裏切らぬよう、よろしくお頼みいたします」

「あ、はい。それはもう……」

とにかく願ってもない方向に事態は動いている。永峯にできることがあればなんでもする所存だった。

そして――。

鎌倉時代の幻の仏師・荒摂の手による地蔵尊が発見され、過去に寄進されたという記録を持つ相哲寺に収められることになったと、ニュースが流れた。

折しも同じ荒摂作の国宝・阿修羅像が展覧会出品中で、巷《ちまた》ではちょっとした荒摂ブームが沸き起こった。もう一体の荒摂作品であるシヴァ神像を見に訪れる客で、相哲寺は日々賑わっているようだ。

さまざまな手続きの傍ら、ついに地蔵が山梨の山中から移送されたというテレビニュースを、永峯が見たその夜——。

アパートのチャイムが鳴った。新聞の集金か宅配便とあたりをつけて、永峯はインターフォンを使わずに玄関へ向かう。

「はい——」

ドアを開けたとたん、小麦色に焼けた二本の腕がにゅっと伸びてきた。それに続く半袖の白いシャツ、長めのふわふわした髪。

「永峯さん!」

「うわっ……」

抱きつかれて、日向の匂いが鼻先を擽った。

「大地……!」

思わずその頬を両手で包み、小さな顔を凝視してしまう。間違いない。大地だ。

「へへ、来ちゃった」

「来ちゃったって……ほんとに来れたのか」

永峯の住まいは都内でも西部に位置するから、うまくいけば行き来も可能かと期待していたが、それでもまずは永峯のほうから相哲寺を訪れるつもりでいたのだ。それも地蔵が公開されてからのことと思っていたのだが――。

「車にバイフーの人形があるから、それを頼りにね」

ＧＰＳ的なものだろうか。あのマスコットには、そんな機能も搭載されていたのか。

「……へえ……」

永峯の反応が不満だったのか、大地は片眉を上げる。

「なに？　だめだった？」

「そんなはずないだろ！　ああ、まあ入れ。わかってたら、ちゃんと掃除しとくんだったな。コンビニスイーツも買って……」

２ＤＫのアパートに入ると、大地はもの珍しげにあちこちを見回す。ちょうど永峯は風呂上りで、テーブルに載っていたビールに鼻先を近づけた。

「美味しそう……」

「えっ、だいじょうぶなのか？　じゃあ、飲む？」

「飲む！」

冷蔵庫から新しい缶ビールを出して大地に渡し、反射的に「乾杯」と打ちつける。

「かんぱい？」

首を傾げた大地に説明した。

「ああ、酒が飲めてよかったね、的な合図。あとは……なにかを祝って飲みましょうとか」

「じゃあ、同棲に乾杯！」

「ど、同棲⁉　おまえ、意味わかってんのか？」

慌てた永峯を、大地は軽く睨んだ。

「知ってるよ。それよりなに？　不都合でもあるの？」

「い、いや、だって、相哲寺に住むんだろ？　住むっていうか、安置されたっていうか……」

「まあ、日中はお仕事？　みたいな。夜はこっちにいる」

「そ、そうか……」

いざというときにはすぐ駆けつけられる距離でいたいと願って、相哲寺に地蔵が移動することに喜んでいたが、まさかこれから毎晩大地のほうから訪れてくれるなんて——。

しかも同棲って……。

我知らず顔が緩んでいたらしい。

「嬉しい？」

顔を覗き込んできた大地に、大きく頷く。

「想定外に嬉しい」

「ずっと一緒だもんね」

永峯はビールを飲み干すと、大地を抱きしめた。

「そうと決まれば、おまえのものもいろいろ揃えなきゃな。ええっと、食器と歯ブラシと……枕と——」

「枕はこれがいいな」

大地は永峯の腕を両手で摑んで、にこりとした。

END

こんにちは、浅見茉莉《あさみまり》です。この本をお手に取ってくださり、ありがとうございます。

４Ｐです！　というのは置いておいて。

前作『あにだん』の雰囲気を踏襲した作品を、という打ち合わせの席で、早くも担当さんからタイトルが提示されました――『ぶつだん』。

タイトルは出ていましたが、どうしても仏像でというわけではなく、動物以外で擬人化できるものにしましょう、たとえば仏像、という提案だったのですが、意外と見つからないんですよ。カバーは本来の姿でいきたいので、できれば擬人化前にも顔とか身体があるほうがいいとなると、ますます範囲が狭まって。

「じゃあ、仏像でいきましょうか」となったのは、そういう理由もありますが、なにより『ぶつだん』という言葉のインパクトが半端なかったせいでしょう。

阿修羅《あしゅら》はもちろんあの阿修羅像がモデルです。不敬を承知で言わせてもらえば、個人的に受のイメージなので、こちらの阿修羅は等身の高いリア

# あとがき

ル系に変更しました。

　三面六臂《さんめんろっぴ》がヒト化するので、そのままとか三体に分裂とか、とても自由度が高くて使い勝手のいいキャラでした。せっかく三体になるんだから、４Ｐしない手はありませんよね！　図らずも前作の３Ｐを上回る結果となりました。

　地蔵編は、昔話の笠地蔵的な展開で。いちばん書きたかったのは、赤いバンダナの顛末ですが、無邪気な大地《だいち》と、理性と本能の狭間で揺れる永峯《ながみね》のやり取りも楽しく書きました。

　リケ女とか歴女なんて呼び名が定着して久しいですが、最近は「仏女」もあるんですってね。フランス女性のことじゃありません、もちろん。

　私は長らく東寺《とうじ》の帝釈天《たいしゃくてん》がイケメンナンバーワンだと思っていましたが、この話を書くに当たってネットサーフィンしたところ、アメリカの美術館所蔵の水月観音《すいげつかんのん》にときめいてしまいました。顔はともかくポーズがすばらしい！　絶対誘ってる！　……ああもう、たびたび発言がまずいなあ。とにかく凛としながら色気のあるお姿です。

　ていうか半跏《はんか》像が好きなんですよね。ルーツはもちろん広隆寺《こうりゅうじ》の弥勒《みろく》菩薩《ぼさつ》さまです。

みなさんのお気に入りの仏像もぜひ教えてください。

yoco先生には、超リアルな仏像とバラエティ豊かなイケメンを描いていただきました。カバーの仏像にはただただ感服です。

担当さんを始めとして制作にかかわってくださった方々にもお礼申し上げます。

お読みくださったみなさん、楽しんでいただければ幸いです。感想などお聞かせいただければ励みになります。

それではまた、次の作品でお目にかかれますように。

CROSS NOVELSをお買い上げいただき
ありがとうございます。
この本を読んだご意見・ご感想をお寄せください。
〒110-8625
東京都台東区東上野2-8-7　笠倉出版社
CROSS NOVELS 編集部
「浅見茉莉先生」係／「yoco先生」係

CROSS NOVELS

ぶつだん 仏像系男子

著者

浅見茉莉


2015年12月23日　初版発行　検印廃止

発行者　笠倉伸夫
発行所　株式会社　笠倉出版社
〒110-8625　東京都台東区東上野2-8-7　笠倉ビル
[営業]TEL　0120-984-164
FAX　03-4355-1109
[編集]TEL　03-4355-1103
FAX　03-5846-3493
http://www.kasakura.co.jp/
振替口座　00130-9-75686
印刷　株式会社　光邦
装丁　磯部亜希
ISBN　978-4-7730-8812-0
Printed in Japan